KB123616

666666# 환생한 대마법사의 정주행 6

환생한 대마법사의 정주행 6

2021년 4월 1일 초판 1쇄 인쇄
2021년 4월 6일 초판 1쇄 발행

지은이 서상현
발행인 이종주

총괄 김정수
경영지원 배진경 임혜솔 송지유

기획 이기헌 왕소현 박경무 강민구
책임 편집 이정규

발행처 (주)로크미디어
출판등록 2003년 3월 24일
주소 서울시 마포구 성암로 330 DMC첨단산업센터 3층 318호, 319호
Tel (02)3273-5135 **편집** 070-7863-8597 Fax (02)3273-5134
홈페이지 rokmedia.com **E-mail** rokmedia@empas.com

ⓒ 서상현, 2020

값 8,000원

ISBN 979-11-354-9761-2 (6권)
ISBN 979-11-354-9260-0 04810 (세트)

서상현 판타지 장편소설

6

환생한 대마법사의 정주행

ROK MEDIA
로크미디어

contents

그들의 도발

가렌트는 돌발 상황에 검사의 거리 입구로 나왔다.

그는 친위대 지휘권을 대검사로부터 양도받고, 친위대 전부를 검사의 거리를 감시하는 일에 동원하던 중이었다.

그러던 차에 친위대로부터 보고 하나를 받고 거리로 나선 것이다.

가렌트를 포함한 친위대원들은 마법사의 거리에 솟은 거대한 회오리를 보고 잔뜩 긴장한 상태였다.

"가렌트 님…… 요즘 들어 마법사의 거리가 시끄럽군요."

일전에는 검은 구체 두 개와 푸른 구체 한 개가 하늘에 떠 있었던 적도 있었다.

그것은 틀림없는 마법사의 마법.

누군지는 모르겠지만, 마법사끼리의 전투가 일어났다는 뜻이었다.

검사의 거리는 마법사의 거리에서 전투가 일어날 때마다 바짝 긴장하며 경계를 더욱 강화했다.

특히 가렌트는 현 대마법사인 드라코 타일런트의 계획을 알고 있는 검사이기에, 가장 긴장한 검사라고 할 수 있었다.

마법 사회를 장악하면 검사 사회까지 넘볼 것이 분명한 타일런트.

그런 자가 대마법사로 있는 시기에 마법사들의 전투가 자주 일어나니, 그의 계획이 완성되어 가고 있다고밖에 생각되지 않았기 때문이다.

"우와, 엄마! 저것 봐요! 회오리 되게 멋있다!"

그때 길을 지나던 한 꼬마가 멀리서 보이는 마법사의 마법을 보고 외쳤다.

나이가 고작해야 다섯 살쯤 되었을까?

지금 꼬마는 살면서 처음 보는 광경을 그저 진귀한 구경쯤으로 생각하는 중이었다.

"……얼른 가자."

반면에 꼬마의 엄마는 못 볼 것을 본 표정을 하곤 얼른 꼬마의 눈을 돌리려 했다.

꼬마는 더 구경할 수 없다는 사실이 아쉬운지, 집으로 돌아가는 길 내내 회오리를 향해 시선을 던졌다.

그 모습을 보고 있던 가렌트는 많은 생각이 들 수밖에 없었다.

'저렇게 순진한 아이들이 가장 많은 곳이 바로 여기 밑의 세계야.'

저들은 차차 자라서 검사가 될 수도, 마법사가 될 수도 있다.

둘 중 어디에도 속하지 않는다면 평범한 평민으로서 삶을 이어 갈 것이다.

이처럼 많은 가능성을 품고 있기에 미래를 위해선 꼭 필요한 인재들.

마법사건, 검사건, 평민이건, 지금 사회를 이끄는 주축인 성인들은 꽃이 시드는 것처럼 시간이 지나면 자연스레 사회에서 사라질 사람들이다.

그런 빈자리를 대신하는 게 바로 저 꼬마들.

그러기 위해선 밑의 세계가 온전해야 한다.

과연 검사 사회까지 넘볼 타일런트가 밑의 세계를 가만히 놔둘까?

이미 고대로부터 정해진 규율까지 깨고 밑의 세계를 검사의 거리와 마법사의 거리로 나눈 자인데?

인간의 욕심이란 끝이 없어 하나를 가지면 둘, 둘을 가지면 셋, 이내 전부를 탐하게 된다.

특히나 타일런트를 아는 가렌트는 그가 절대 밑의 세계를 가만히 놔둘 것이라고 생각하지 않았다.

바랄 걸 바라야 한다.

그래서 가렌트는 검사 사회는 물론 이 밑의 세계를 어떻게든 후손에게 온전히 물려줘야 한다고 각오를 다지고 있었다.

적어도 밑의 세계는 서로 다른 두 세력이 차갑고 삭막한 와중에도 화합을 이루며 큰 문제 없이 살던 곳이었고, 그저 타일런트의 등장으로 모든 게 뒤틀린 것뿐이니까.

그리고 저 꼬마처럼 순진한 미래들에게 온전한 세상을 물려주고 싶었다.

지금처럼 언제 싸울지 모르는 불안한 세상 말고 마음 편한 온전한 세상을.

가렌트는 하늘로 솟은 회오리를 보며 품 안에서 종이 한 장을 꺼냈다.

퀼트가 그려 준 구름 그림이다.

"하늘은 하얀색…… 하늘은 사라지지 않는다. 늘 존재하며 우리 위에 있다……."

당시 퀼트가 남겼던 말을 곱씹었다.

'이 예언이…… 저것과 관계가 있을까?'

이내 입을 꾹 닫은 가렌트는 손엔 여전히 퀼트의 그림을 쥔 채로, 멀리 보이는 회오리를 쳐다봤다.

회오리 근처에선 불줄기 몇 개가 터지듯 솟아올랐지만, 금방 사라졌다.

그 현상이 몇 번 반복되더니, 이젠 빨간 구체가 하늘로 떠올랐다.

'저것도…… 저번에 봤던 검은 구체와 같은 유형인가?'

하지만 빨간 구체도 얼마 지나지 않아 그대로 사라지고, 이내 회오리까지 사라졌다.

승자가 누구인지는 절대 알 수 없는 전투였다.

"어머나, 너는 나를 조금 즐겁게 하는구나? 그래, 300년이나 지났으면 에드 가문에도 발전이 있어야지. 안 그래, 카비르?"

"확실히, 놀라운 발전이네. 내 가문에 비하면 한참 모자라지만."

에드 가문 본가 정원.

라믹 리비아와 미르네 카비르는 여유 만만한 모습으로 서 있었다.

하지만 정원의 주위 모습은 그야말로 참담하기 이루 말할 수 없었다.

장식물은 전부 부서졌고, 에드 가문의 본가 건물 일부도 아예 통째로 날아가 버렸다.

정원엔 네 명의 에드 가문 마법사가 쓰러져 있었으며, 딱

한 명의 마법사만이 서서 그 둘과 마주했다.

에드 나일론.

그가 유일하게 서 있는 에드 가문의 마법사였다.

물론 그마저도 위태해 당장이라도 쓰러질 것 같은 모습이다.

한쪽 어깨는 땅으로 축 늘어지고, 눈 한쪽도 감긴 채다.

나일론은 쓰러진 형제들을 살폈다.

에버, 쿨럼, 스파클, 발라크.

전부 숨이 멎은 것만 같은 모습들이다.

설사 숨이 붙어 있다고 한들 당장 치료받지 못하면 이대로 사라질 생명들이다.

'어떻게든……'

가문을 급습한 리비아, 카비르.

나일론은 한 가지만은 확실히 깨달았다.

이 둘을 상대로 살아남을 수 있을 거라는 안일한 생각을 버려야 한다는 것.

그리고 계획도 완벽히 짰다.

지금 쓰러진 형제들을 살리고 자신을 희생한다.

다섯 명 전부가 죽는 것보다, 자신 하나 희생하고 나머지를 살리는 게 훨씬 합리적인 선택이니까.

나일론은 남은 물약을 전부 털어 넣으려 했다.

이 마력 증강 물약을 전부 마시고 나면 몸이 부서져 소멸하게 될 것이라는 걸 알지만, 지금은 그런 걸 따질 때가 아니기 때문이다.

"또 무슨 수작을 부리려나 보네. 그래, 어디 한번 해 봐."

리비아는 오히려 그의 행동을 무시하며 물약을 마실 시간까지 줬다.

'……가주님, 뒤를 맡깁니다. 먼저 가서 죄송합니다.'

나일론이 뚜껑을 딴 순간이다.

"그 물약 도로 집어넣게, 나일론. 자네가 그걸 전부 마셔 버리면 내가 여기까지 온 이유가 사라지게 되거든."

그 순간 정원에서 들린 목소리.

게다가 지금 들려선 안 되는 목소리기도 했다.

'설마……'

"어머나, 이건 또 누구야? 에밋 바이스가 250년 만에 나타나셨네?"

리비아가 제일 먼저 반응했다.

에밋 바이스는 가문 정원에 당당한 모습으로 나타났다.

그것도 밑의 세계 선술집 주인장인 노인의 모습이 아닌 본래의 모습으로…….

"거참, 가주님들. 애들 상대로 꽤 유치하게도 노십니다."

바이스는 긴장하지 않은 목소리로 그 둘과 대치했다.

그리고 그 직후.

손가락으로 무언가를 그리더니, 나일론과 쓰러진 네 형제의 몸체가 밝게 빛났다.

그러더니 마치 퍼즐 조각으로 나뉘는 것처럼 몸체가 조각 조각 나뉘어 서서히 사라지기 시작했다.

"플레우드 텔레포트 마법이군. 바이스, 네가 여기까지 온 이유가 고작 이것들을 구하기 위해서인가?"

이번엔 카비르가 물었다.

"역시, 아르키스 님의 제자분들답게 플레우드 마법을 사용할 줄은 몰라도 정확히 알고 계시네요."

그제야 나일론은 바이스가 한 말의 뜻을 알 수 있었다.

애써 여기까지 왔는데 물약을 마셔 버리면 이유가 사라진 다는 그 말.

살리러 왔는데 물약을 마셔서 죽음을 앞당기지 말라는 뜻 이었다.

"그 이름…… 우리 앞에서 꺼내지 않는 게 좋을 텐데."

리비아는 표정을 굳히며, 바이스에게 경고했다.

"뭐, 제가 가주님들의 눈치를 볼 필요가 있습니까?"

바이스는 여전히 여유로운 모습이었다.

그렇게 바이스의 텔레포트를 받은 쓰러진 마법사들이 하 나둘씩 형체가 완전히 사라지고 나일론만 남았을 때였다.

"쉬고 있어, 나일론."

"바이스 님……."

바이스의 말을 들은 나일론이 다 죽어 가는 모습으로 그를 돌아보았지만 이내 완전히 모습을 감추었다.

이제 그들은 선술집 지하실로 온전히 이동되었을 것이다.

마침내 혼자가 된 바이스를 보며 리비아가 조롱하듯 물었다.

"고작 6서클인 네가 우리 둘을 막겠다고 혼자 온 거니?"

"아무렴 제가 플레우드라고 해도, 9서클이나 되시는 두 분을 막을 도리가 있겠습니까? 시간이나 끌려고 왔죠."

"시간?"

"예. 아 참, 우리가 적으로서 이렇게 실제로 대면하는 건 이번이 처음이죠?"

의미 모를 바이스의 질문이었다.

"그렇다면 이제 공식적으로 완벽한 적이니…… 굳이 예의 차릴 필요도 없겠군. 그간 내가 두 가문에 경어를 사용한 것은 그 이유 때문이었으니까."

마법 사회는 철저하게 마법사의 서클이 직급.

같은 가주라고 하더라도, 바이스는 상대적으로 뒤처지는 6서클이었기에 옛날부터 단일 가문 원소 가주들에게 경어를 사용했다.

6서클과 9서클은 좁힐 수 없는 차이를 가졌으니까.

하지만 이젠 그럴 필요가 없는 시대가 아닌가?

"전력으로 가마. 나도 살아서 도망칠 생각이거든. 할 수 있으면 막아 보든가."

바이스의 도발을 시작으로, 정원엔 다시 마법의 향연이 펼쳐졌다.

"뭐야, 갑자기 왜 분위기를 잡고 그래?"

에타르에게 내 정체를 들은 트레샤와 알프릭.

둘은 의자에서 내려와 한쪽 무릎을 꿇고 나를 올려다보고 있었다.

이렇게 무거운 분위기를 잡으려는 생각은 아니었다.

"정말 아르키스 님이라면, 제가 빛의 봉인검을 처음 만들 때 이름을 어떻게 지었는지도 아시겠죠……?"

알프릭이 물었다.

이미 내 정체는 알았지만, 에타르가 내게 한 것처럼 절대 부정할 수 없는 확실한 추억의 증거가 필요한 것이었다.

"그때 너 분명히 글로리 라이트(Glory Light)라고 했지. 내가 유치해서 못 들어 주겠다고 했고."

찬란한 빛이라는 뜻이었다.

"……아이고, 아르키스 님! 어디 계셨다 오신 겁니까!"

알프릭은 절까지 올렸다.

"저…… 혹시 제가 보주화를 익혔다고 찾아갔을 땐……?"

이번엔 트레샤의 질문이었다.

"너, 탭 테이킹으로 그럴싸하게 만들어 놓곤 익혔다고 거짓말했지. 열 받은 나는 내 대지 원소 보주화 속에 이틀을 가둬 뒀고."

"······아르키스 님!"

이젠 트레샤까지 절을 올렸다.

"이 정도면 검증 끝났나?"

"물론입니다! 죄송합니다!"

"그럼 일어나서 먹자. 오늘은 같이 식사나 하러 온 거니까."

내가 말하자 그제야 둘은 일어나서 자리에 앉았다.

분위기가 정말 달라진 게 있다면 그들은 온순한 태도를 보였다는 것이다.

특히 알프릭.

못마땅하던 그 눈치가 말끔히 사라지고 존경과 그리움으로 도배됐다.

하지만 여전히 그의 모습은 내 눈에 밟힌다.

"알프릭."

"네, 아르키스 님!"

"너 그 모습 바꾸면 안 되냐? 왜 내 모습을 따라 해?"

"스승님을 기리고자, 그리운 마음에······."

"내가 보기 불편하니까 바꿔."

"네!"

알프릭은 바로 빛의 봉인검 하나를 구현하더니 긴 머리카락을 과감하게 싹둑 잘랐다.

이제야 내가 알던 알프릭의 모습으로 돌아왔다.

그렇게 우린 식사를 하면서 어떻게 내가 환생하게 되었는지, 또 앞으로의 계획은 뭔지를 말하며 시간을 보냈다.

그때 에타르의 모브로 메시지 하나가 왔다.

내용을 확인한 에타르는 급격하게 표정이 무너졌다.

초점 잃은 눈동자, 불안정한 시선과 거칠어진 숨소리.

분명 무슨 일이 일어난 것이다.

"왜 그래, 에타르?"

"아, 아닙니다. 친위대 동향에 대한 보고인데, 특별한 건 없네요."

에타르는 내가 묻자 그제야 눈동자에 초점이 돌아왔고, 숨소리가 거칠어진 것도 사라졌다.

하지만 표정은 여전히 편치 않았다.

애써 나를 의식해 표정을 관리하고 있는 것으로 보였다.

"……그래?"

"네."

당연히 내게 답한 것도 거짓말일 것이다.

에타르는 항상 저렇게 표정에 드러났으니까.

하지만 난 굳이 캐묻지 않았다.

왜냐, 나에게 말하지 않는다는 것은 그럴 만한 이유가 있으며 에타르가 따로 생각하고 있는 것이 있다는 뜻이기 때문이다.

굳이 내게 알려서 좋을 게 없는 소식일 수도 있다는 것이다.

"자, 그럼 일단은 본교로 직접 가실 거라는 거죠? 올해 중에요."

트레샤가 주제를 돌렸다.

"응, 타일런트는 본교를 가야만 만날 수 있잖아. 그리고 모든 일이 시작된 곳이 바로 본교의 꼭대기이기도 하고."

"저희가 따로 준비해야 할 거라도 있을까요?"

"없어. 이미 정보는 에타르에게 대부분을 들었으니까. 이건 내 추측인데, 너희는 에타르보다 본교나 타일런트의 상황을 제대로 모르지?"

에타르는 아들 둘을 첩자로 심으면서까지 첩보 활동을 강행했고, 조각사를 직접 만들어 이끌었다.

반면에 트레샤나 알프릭은 그저 조각사원이었으니 알고 있는 정보의 차이가 꽤 심할 것이라 예상했다.

"네, 감시는 에타르가 혼자 감당하겠다고, 저희는 순종하는 척, 드라코 가문에게 협조하라고 했으니까요. 저희도 에타르가 알려 줘야 아는 수준이었습니다."

난 슬쩍 에타르와 눈을 맞췄다.

그는 그저 가볍게 웃으며 고개만 끄덕였다.

혼자서 이 어려운 일을 300년이나 지속하고 있었다는 게 다시금 나를 자극했다.

얼마나 외로운 싸움인가.

내가 꼭대기에서 홀로 봉인석을 지키던 것보다 훨씬 난이도가 있으며 고독한 싸움이었다.

"정의의 등불. 이렇게 멋지게 타고 있을 줄은 몰랐네."

문득, 내가 에타르에게 붙여 줬던 별명이 떠올랐다.

"하하, 쑥스럽군요. 그 별명을 얼마 만에 듣는 건지."

"아무튼, 본교로 넘어가기 직전에 나도 개인 과제가 있으니까 그것부터 처리해야지. 그런데 에타르, 하나 궁금한 게 있는데."

"네, 말씀하시죠."

"내가 본교로 넘어가는 시기가 늦어질수록, 너도 시간을 끄는 데에는 한계가 있겠지?"

"……."

에타르는 쉽게 답하지 못했다.

이미 나로 인해 에드 분교는 타일런트가 집중하는 곳이 되어 버렸고, 밑의 세계까지 철저하게 검사와 마법사의 영역이 나뉜 상태.

이런 상황에서 몇 년의 시간을 다시 벌 순 없을 것 같았다.

"역시, 몸을 단련하는 일 때문인가요?"

"어."

에타르에게는 솔직히 말했다.

내가 마법사로서 가진 비장의 무기는 플레우드가 아니다.

내 스승님도 사용할 수 없었던 비전력.

일각에선 '존재하지 않는 자원'이라고까지 불리는, 마법사 최고의 경지.

하지만 지금은 그걸 마음대로 사용할 수 없는 상태이기 때문이다.

"아르키스 님이 솔직히 말씀해 주셨으니, 저도 솔직히 말씀드리겠습니다. 장담할 수 없습니다."

결국, 예상대로다.

난 올해 안에 본교로 가야만 했다.

그만큼 내가 모르는 다른 곳의 상황은 위태롭게 흘러가는 중인 것이다.

"그래, 솔직히 말해 줘서 고맙다."

"죄송합니다……. 부담만 드리는 것 같아서…….."

"아니, 이게 뭐가 부담이야. 어차피 나로 인해 300년 전에 시작된 일을 너희들한테까지 떠넘긴 거나 마찬가지인데."

"……아닙니다."

난 알프릭을 쳐다봤다.

"내가 살다 살다 네 말이 옳다고 생각하는 날이 올 줄은 정말 몰랐다. 나한테 혼나기만 한 녀석이었는데."

타일런트를 제자로 들이는 걸 반대한 일화를 말하는 것이다.

알프릭은 머쓱하게 코를 훔치며, 답했다.

"관상은…… 신빙성으로 가득한 근거라고요. 어둠 원소사에 한해서요."

어느덧 식사는 대체적으로 마무리된 상태.

난 교장실을 둘러보며, 트레샤에게 물었다.

"트레샤, 너만의 공간이니까 즉석에서 구조를 바꿀 수 있지?"

"물론입니다! 어떻게 할까요?"

"학교의 대련장처럼 만들어 봐. 너희들 실력 좀 보자. 300년 동안 과연 얼마나 성장했을지, 스승으로서 점검하고 싶네."

"넵!"

트레샤는 곧장 시설물들을 전부 치워 버리고 뻥 뚫린 대련장으로 만들었다.

그리고 트레샤, 알프릭, 에타르.

이 세 명이 나란히 나를 마주 보고 선 상태가 되었다.

"저, 혹시…… 저희 셋이 감히 아르키스 님을 상대해 보라, 이런 건 아니겠죠?"

알프릭이 조심스럽게 물었다.

"당연히 아니지. 각자 동시에 보주화를 구현해 봐. 보주화 수준만 봐도 얼마나 발전했는지 알 수 있으니까."

"아…… 네."

셋은 서로 눈치를 보다가 이윽고 보주화를 구현했다.

에타르의 불 원소 보주화.

알프릭의 빛 원소 보주화.

그리고 트레샤의 대지 원소 보주화까지.

세 개의 보주화가 나란히 떠 있는, 일반 마법사들에겐 보기 힘든 진풍경이 이곳, 라무스 분교의 교장실에서 일어났다.

제일 눈에 띄는 것은 역시 트레샤의 대지 원소 보주화.

아주 예전에 보주화를 익혔다고 거짓말한 전례가 있다 보니 당연히 그쪽으로 눈이 먼저 갔다.

대지 원소의 보주화는 다른 원소의 보주화와는 약간의 차이가 있다.

기본적으로 대지 원소는 어디에나 있어서 탭 테이킹이 자유롭다.

대지가 가진 고유의 성격은 단단함.

보주화를 사용할 경우 탭 테이킹의 위력이 몇 단계 더 강화된다.

그래서 대지 원소의 보주화는 플레우드 다음으로 가장 강력하다고 평가받는다.

"확실히…… 300년 동안 논 건 아니구나?"

완벽하다.

한 가문의 가주이고 분교장이라는 직위가 알맞을 정도로.

내가 마지막으로 봤던 그의 보주화가 일반 기초 구체라고 느껴질 정도로 지금 트레샤의 보주화는 흠잡을 게 하나도 없었다.

그리고 여태껏 느끼지 못했던 한 가지도 느낄 수 있었다.

바로 트레샤의 마력이다.

솔직히 처음 보주화를 접한 순간, 내 감각을 의심했다.

내가 아는 트레샤의 마력과 너무나 큰 차이가 있었기 때문이다.

난 전 대마법사였기에 대부분의 사람들의 마법 실력을 예상할 수 있는데, 에드 분교에서 0클래스부터 생활하면서 학생들이건 교사건 교수건 틀린 적이 없었다.

물론 3클래스에서 조금 이변이 있긴 했지만, 어쨌든 그 범위는 크게 벗어나지 않았다.

하지만 9서클인 트레샤는 달랐다.

순수 마력만 놓고 보자면 내가 대마법사였던 시절과 비슷하지 않을까?

이런 생각이 들 정도로 그 위력이 예상을 크게 넘어섰다.

'그래서 에타르가 내가 본교에 가는 걸 그렇게 걱정한 거겠지.'

300년의 세월은 정말 길다.

그동안 고서클 마법사들 사이에서도 많은 발전이 거듭되

면서 저서클 마법사와의 차이가 더욱 좁힐 수 없을 정도로 크게 벌어졌다.

재산으로 치면 빈부격차가 너무 벌어져 손쓸 수 없는 상태인 것이다.

'하긴 300년 전부터 상위 마법만 다뤘으니, 수명이 긴 마법사에겐 어떻게 보면 당연한 결과물인가?'

300년이라는 세월의 무게를 곱씹으며 나는 그렇게 생각했다.

트레샤가 뿌듯했는지 당당히 말했다.

"그럼요! 대의를 위해 움직인 저희들인데요! 수련도 게을리하지 않았죠!"

"저는 어떻습니까?"

옆에서 가만히 대화를 듣던 알프릭이 물었다.

알프릭도 똑같다.

느껴지는 마력이 위협적인 수준이다.

난 같은 말을 반복하지 않고 그저 가볍게 웃으며 고개만 끄덕였다.

알프릭도 내 행동의 뜻을 제대로 알았는지 기쁜 얼굴만 보였다.

하지만 에타르의 보주화를 본 난 표정이 굳어졌다.

나를 시험하려고 했던 5클래스 학생 능력 평가.

그때보다 보주화가 훨씬 불안해서 이게 정말 진심을 다해 구현한 게 맞는 건지 의문이 들었다.

'마력이 셋 중에 가장 뒤처져. 게다가 파도처럼 들쭉날쭉……'

이것이 뜻하는 것은 단 하나.

현재 에타르의 정신이 말끔하고 편안한 상태가 아니라는 거다.

뭔가 걱정이 있고, 자꾸 어떤 생각이 떠올라 마법 구현을 스스로가 방해하는 중이다.

'모브를 확인하고 난 다음에 그러더니. 무슨 일이 있는 게 맞구나.'

나에게 알리지 않은 것도 그럴 만한 이유가 있는 게 분명하다.

에타르가 변하지 않은 마법사라는 걸 안 순간부터 난 옛날 우리의 관계처럼, 그를 절대적으로 신뢰하니까.

"됐다. 이 정도면 충분한 것 같아. 거둬."

그래서 그 말로 마무리했다.

그렇게 잠깐의 테스트는 끝이 났다.

에타르는 아직 확신할 수 없지만, 적어도 트레샤, 알프릭은 두려울 수준으로 성장했다.

그랬기에 동시에 고민도 되었다.

'금기의 마법을 사용하지 않은 이 둘이 이 정도라면…… 타일런트 그놈은 과연 어떨까?'

아르텔은 에드 분교로 돌아가고, 에타르는 따로 트레샤와 알프릭을 불렀다.

셋이 다시 만난 곳은 라무스 분교가 아닌 루스 분교다.

동굴 모습이었던 라무스 분교와 달리, 루스 분교의 교장실은 에타르의 교장실처럼 평범했지만 온갖 하얀 조명이 눈을 따갑게 때리는 중이었다.

에타르는 표정을 잔뜩 굳히고 두 동문과 마주했다.

아르텔과 함께 있을 때와 너무나 상반된 모습이었다.

"뭐야? 아르키스 님이랑 같이 돌아가더니 갑자기 우리를 다시 부르고. 그리고 왜 혼자 와?"

트레샤가 물었다.

"사실, 아까 바이스한테 연락이 왔어."

"뭐라고 왔는데?"

"……."

에타르는 잠시 뜸을 들인 뒤, 어렵게 연락의 정체를 알려 주었다.

"리비아랑 카비르가 내 가문을 직접 쳤다는군."

"……?"

"……뭐?"

동시에 찬물을 끼얹듯, 새하얀 교장실에 무거운 정적이 드리웠다.

"아니, 잠깐만. 그런 중대한 일을 왜 아르키스 님에게 알리지 않고 우리한테 따로 와서 말하는 건데?"

이번에도 트레샤가 물었다.

"알잖아. 아르키스 님은 현재 비전력을 재현하기 위해 신체 단련이라는 한 번도 해 보지 않은 과제를 안고 계셔. 답도 모르는 문제라고."

에타르의 답에 둘은 자동적으로 고개를 끄덕였다.

자신들이 생각해도 해당 문제를 수월하게 풀 수 있는 정답 따위는 가지고 있지 않았기 때문이다.

"그런 상황에 내 가문에서 일어난 일까지 알려 드리고 싶지 않았어. 아르키스 님 성격이라면…… 당장 라믹, 미르네 가문으로 향할 거니까. 그 둘이 타일런트에게 붙었다고 했을 때도 크게 분노하셨거든."

"뭐, 일단 그건 그렇다고 치자. 피해는? 어떻게 된 거야? 둘이 직접 나섰을 정도라면……."

트레샤는 일부러 뒷말을 흐렸다.

에타르가 없는 에드 가문에 상성인 라믹 리비아, 거기에다가 미르네 카비르까지 더해졌다면 살아남은 사람이 없을 게 당연했기 때문이다.

차마 그 말을 직접 할 순 없었다.

"다행히…… 다들 목숨은 건졌어. 바이스가 시기적절하게 도착한 모양이더군."

"휴우…… 그거 정말 다행이군."

둘은 진심으로 답했다.

그리고 알프릭의 질문이 이어졌다.

"그런 상황을 우리에게 알리는 이유는…… 우리가 나서 주길 바라는 건가?"

이에 에타르는 고개를 천천히 끄덕였다.

"응, 시기적으론 우리가 참고 숨어야 할 때지만…… 치명상을 당하고도 참을 순 없을 것 같아서. 하지만 내가 생각한 반격의 방법은 그들과 똑같은 방법이 아니야."

"그들과 똑같은 방법이 아니다라……. 궁금한데?"

알프릭도 물었다.

리비아, 카비르와 다른 방법이라면 그들이 에타르의 가문에 저지른 파괴적인 행동은 아니라는 뜻이 된다.

과연 에타르는 어떤 식으로 반격을 준비하려는 것인지, 또 그게 효과가 과연 있을지.

알프릭도 궁금했다.

"일단, 더 자세히 묻지 않고 따라 주겠나? 부탁하는 거야. 너희들이 따라 준다면 가까운 시일 내에 행할 수 있을 것 같은데."

에타르는 확실한 답을 요구했다.

"난 찬성. 우린 그간 너무 숨어 있었지. 이젠 아르키스 님까지 계신데, 굳이 숨어야 할 이유가 있는가."

알프릭은 자신만만하게 답했다.

"그런데 이거 아르키스 님한테 알리지 않고 우리끼리 독단적으로 해도 되려나? 나중에 알면 화내실 것 같은데……."

반면에 트레샤는 소극적인 모습이었다.

이 셋은 충실한 아르키스 에이머의 제자들.

시대가 아무리 변했어도, 그 마법사의 제자였다는 사실은 결코 변하지 않는다.

따라서 트레샤에겐 '모든 행동을 할 땐 스승에게 허락을 받아야 하는 게 아닌가?'라는 생각이 지배적이었다.

더군다나 지금 마법 사회의 시국은 전부 그의 제자였던 타일런트로부터 시작되었으니, 결국 아르키스 에이머와 연관이 있는 일들이라 볼 수 있기 때문이다.

그런 마당에 중요한 일을 당사자만 빼놓고 해결할 수 없었다.

스승을 못 믿어서 그런 거라는 오해를 살 수 있으니까.

"내가 나중에 따로 말씀드릴게."

에타르가 총대를 메기로 했다.

"……그렇다면, 나도 찬성."

트레샤는 그제야 동조했다.

"그래, 내가 따로 연락하지."

볼일이 끝난 에타르는 휠체어를 끌어 자신의 학교로 돌아갔다.

�֎

알프릭, 트레샤와 만나 만찬을 즐긴 다음 날부터 나는 아
령을 싸 들고 수련장으로 나왔다.

그리고 가만히 앉아 생각에 잠겼다.

밑의 세계에서 검사가 알려 줬던 내용을 다시 곱씹는 것이
다.

'오래 뛸 수 있는 체력, 검을 하루 종일 들고 있어도 지치
지 않는 근력.'

체력이란 정의를 나는 정확히 알지 못했지만, 검사의 입에
서 나온 말이니 분명 중요한 요소 중 하나라는 뜻이다.

마법사가 마법을 구현하는 데 필요한 필수 자원인 마나.

마나도 세 요소로 구성되어 있다.

개수, 농도, 크기.

그렇다면 과연 그 검사가 말한 체력이란, 이 마나의 3요소
중 무엇과 똑같을까?

그것을, 나는 곰곰이 추측했다.

검사와는 거리가 먼 인생을 살았기 때문일까?

여전히 답은 알 수 없었다.

하지만 한 가지는 깨달았다.

'어쨌든, 결과적으론 검사가 근력만 있다고 되는 건 아니라는 거잖아?'

지치지 않는 체력도 근력만큼이나 중요한 요소라는 뜻이다.

즉, 내가 이 아령으로 근력만 키운다고 문제가 해결되는 게 아닌 것이다.

나는 둘 다 단련해야 하는, 중요한 자원이라고 생각했다.

그래서 오늘의 아령 단련은 포기하기로 했다.

아직도 몸은 무겁고, 걸을 때마다 삭신이 쑤셔 와서 정말 억지로 들면 팔이 잘려 나갈 것만 같은 고통을 가져다주기만 했기 때문이다.

'오래 뛸 수 있는 게 체력이라고 했지?'

그렇다면 계속 뛰기만 하면 될 것이다.

그렇게 나는 드넓은 수련장을 홀로 달리기 시작했다.

그리고 네 걸음쯤 뛰었을 때, 난 왜 체력이라는 게 근력과 상관이 있는지 알았다.

그도 그럴 것이, 뛸 때 다리만 움직이는 것이 아니라 팔 역시 앞뒤로 움직이는데, 이미 아령 단련으로 근육통이 제대로 온 상태라 정확한 자세로 움직이는 것조차 할 수 없었기 때문이다.

속도를 빨리 낼 수 없는 건 둘째 문제다.

지금은 근육통 때문에 몇 걸음 뛰면 자연스럽게 몸이 굳은

듯, 그 자리에 멈춰 서게 되었다.

"하악…… 카학……."

결국, 난 수련장 한가운데에서 뻗어 더는 움직일 수 없는 상태가 되었다.

심장이 당장 가슴에 구멍을 내고 밖으로 튀어나올 것같이 비정상적으로 뛰었으며, 관자놀이는 지끈거려 왔다.

땀을 너무 많이 흘린 나머지 교복이 아예 몸에 딱 달라붙어 떨어지지 않을 정도다.

살면서 몸이 이렇게 힘들었던 적이 과연 언제 있었을까?

전생의 기억부터 지금까지 전부를 다 합쳐도 오늘이 처음인 것 같았다.

'이걸…… 검사들은 매일 하는 건가?'

아령 때와는 또 다른 아픔이다.

몸을 이렇게 혹사시키는 게 과연 단련이라고 할 수 있는 건지, 그런 의문이 들었지만 검사들이 이런 삶을 살고 있다는 건 변하지 않는 사실.

이 행위가 마법사들이 마법서를 읽어 마법을 연구하는 것과 똑같을 것이다.

'……일어서고 싶지가 않다.'

누워서 쉬는 중에 내 머릿속은 온통 그 생각으로 지배되고 있었다.

다시 일어서면 뛰어야 하는데, 그땐 정말 쓰러질 것 같았기 때문이다.

하지만 그런 나약한 생각은 애써 잊기로 마음먹었다.

에타르는 내가 사라진 시간 동안 이 상황을 헤쳐 나가기 위해 자식들까지 드라코 가문에 몰래 들이는 등 혼자서 감당할 수 없는, 극단적인 일까지 벌였다.

그런데 내가 몸이 조금 힘들다고 여기에서 계속 쉬고 있으면 그건 그런 에타르의 노력을 폄하하는 짓인 동시에 스승의 자격도 없는 짓이었다.

나는 몸을 비틀거리며 겨우 일어나 다시 뛰기 시작했다.

얼마간 쉬었음에도 아픔이 오히려 배가되어 이젠 이를 악물게 되었어도 절대 포기하지 않았다.

이제 분교에서 지낼 수 있는 시간이 얼마 남지 않았다는 사실을 되뇌며 계속 뛰고 또 뛰었다.

그러다 다리가 아예 움직이지 않게 되었을 땐 아령을 들고 검처럼 휘둘렀고, 팔이 지쳐서 움직일 수 없는 상태가 되면 조금이나마 회복된 다리로 다시 뛰길 반복했다.

그렇게 난 수련장에서 팔과 다리의 단련을 계속했다.

그때였다.

"아르텔! 여기에 있었구나! 모브로 연락했는데 안 받아서 뭐 하나 했잖아. 그런데…… 뭐 하는 거야?"

내가 아령을 들고 검사의 검처럼 휘두르는 단련을 하고 있을 때, 헤이가 수련장으로 들어왔다.

"……."

난 그런 헤이를 지그시 쳐다봤다.

'그러고 보니 헤이는 검사 학교 입학시험도 통과했잖아?'

헤이에게 그 비법을 알려 달라고 할 생각은 아니다.

헤이도 어차피 밑의 세계의 보육원에서 계속 지냈으니, 따로 검사처럼 몸을 단련하거나 한 적은 없을 게 분명하다.

하지만 내가 보기에도 마법사에 어울리지 않는 몸을 가졌으니, 과연 얼마나 아령을 들 수 있는지 확인하고 싶었다.

"헤이, 이거 들어 봐."

난 가장 가벼운 1kg짜리 아령을 건네며 말했다.

"신기하게 생겼네. 뭐 하는 물건이야?"

헤이는 가볍게 손에 쥔 상태로 팔을 이리저리 움직여 봤다.

무거워하는 기색이라곤 하나도 느껴지지 않았다.

"아령이라는 거래. 검사들이 단련할 때 쓰는 거."

"아하. 응? 검사들 물건이 왜 여기에 있어?"

"……그러게."

그냥 그렇게 둘러댔다.

지금 상황에서 밑의 세계에 잠깐 내려가서 구해 왔다는 게 더 이상하니까.

헤이는 늘 그렇듯이 별다른 의심은 하지 않았고 아령에 대해서도 더는 묻지 않았다.

대신 난 다른 것을 물었다.

"어때? 무거워?"

"음, 아니."

"3클래스 불 원소 수업에서 선생님을 따라 장작을 나르던 때 기억하지?"

"당연히 기억하지."

"그때랑 비교하면?"

"장작이 훨씬 무겁지!"

헤이는 그게 질문이냐는 투로 답했다.

그 뒤로도 헤이는 종류별로 전부 들어 보고, 마지막 무게 인 20kg짜리 아령을 들었을 때였다.

"오, 이건 조금 들기 힘들다."

말로는 힘들다고 하지만 나처럼 팔이 떨린다거나 하진 않았다.

확실히 내 몸에 비하면 헤이의 근력은 비교할 수 없을 정도였다.

마법사에 비유하자면, 지금 내 몸이 0클래스라면 헤이의 몸은 10클래스나 마찬가지였다.

"헤이, 그거 한 1시간 정도 들고 계속 검처럼 휘두를 수 있을 것 같아?"

"힘들긴 하겠는데, 못 할 것 같진 않은데?"

헤이는 자신만만한 표정을 지었다.

"헤이, 따로 단련 같은 거 안 했잖아?"

난 헤이와 보육원에서 함께 지낸 기억이 없기에, 확신하는 듯이 물었다.

"응, 이 물건도 처음 보니까. 보육원에도 없었잖아, 이런 건."

역시, 헤이의 몸은 그냥 선천적으로 타고난 것이다.

밑의 세계의 검사가 알려 준 대로, 검사가 될 재목은 재능부터 다른데 헤이가 정확히 그 재능에 부합하는 학생이었다.

"그런데 검사 학교 입학시험은 어떤 거였어? 그땐 내가 없어서 모르겠네."

전부터 궁금했던 것 중 하나다.

헤이는 곰곰이 생각하더니 입을 열었다.

"두 가지를 시험 봤어. 하나는 되게 두꺼운 철로 된 갑옷을 입고 보육원 운동장을 뛰는 거였어."

지치지 않는 체력.

아무래도 그걸 확인하기 위한 시험으로 보였다.

"뛰기만 하면 돼?"

"아니, 빠르기도 해야 해. 정해진 시간 내로 한 바퀴 전부를 돌아야 했거든."

"그 정해진 시간이 얼마나 됐는데?"

"5분."

"……."

보육원 운동장은 우리가 있는 수련장만큼이나 상당히 넓은 곳이다.

그도 그럴 것이 보육원에 있는 많은 고아들이 함께 뛰어놀 공간이 필요하다 보니, 그 영향으로 운동장도 면적이 커진 것이다.

그런데 그런 곳을 5분 내로 완주.

몸에 아무것도 두르지 않았다면 충분히 가능하겠지만, 무거운 갑옷을 두른 상태에서 고작 여덟 살짜리가 5분 내로 완주할 수 있을까?

검사도 철저하게 신체 재능이 뛰어난 학생만 뽑아 간다는 뜻이었다.

"그 갑옷의 무게, 어떤지 기억나?"

"음, 아마 이 아령보다 조금 더 무거웠던 것 같은데."

"……."

20kg짜리 아령보다 무거운 걸 입고도 통과했다니.

믿기지 않는 결과다.

"그리고 두 번째는 뭔데?"

"엄청 큰 검을 주고, 미리 설치한 목각 인형을 자르면 됐어."

큰 검이라 하면, 내게 검사들의 수련 방식을 알려 줬던 그 검사가 들고 있던 검과 비슷할 거다.

난 제대로 들지도 못했는데 헤이는 그걸 든 것으로도 모자라 시험을 완벽히 치러 냈다.

'그 검사가 말한 검사가 될 수 있는 골격, 그걸 헤이가 가지고 있는 거네.'

헤이의 설명을 들으니 검사가 되려면 얼마나 몸이 대단해야 하는지 다시금 와닿았다.

"그런데 그게 갑자기 왜 궁금해?"

"어? 아니야. 그냥."

"아무튼, 계속 여기에 있을 거야? 슬슬 점심시간인데 밥 먹으러 가야지."

"밥이라……."

고된 단련 때문에 몸이 이미 녹초가 되어 뭘 먹고 싶다는 생각도 들지 않았다.

"아니, 조금 더 해야 해."

헤이의 제안을 거절했다.

지금은 밥보다 무리해서라도 몸을 단련하는 게 더 중요하니까.

"키에나가 엄청 걱정하고 있어. 어제도 저녁 같이 먹자고 했는데 아파서 쉰다고 했잖아. 지금 괜찮아 보이는데 키에나 걱정도 덜 겸, 오늘은 같이 먹지."

하지만 이번에는 평소와 달리 헤이는 내게 조금은 강압적으로 말했다.

"……."

확실히…….

계속 마주치는 걸 피하면 내 단련에도 도움이 될 것 같진 않다.

지금 괜찮다는 걸 보여 주고, 방학 기간 동안 할 게 있어서 혼자 시간을 보내겠다고 솔직하게 말하면 싫다고 말할 아이들도 아니다.

오늘 하루 잠깐 불편하고 앞날이 편해진다면 기꺼이 그렇게 하는 게 옳은 선택이지 않을까?

"그래, 그러자."

남은 방학을 위해, 나는 헤이의 제안을 받아들였다.

어차피 개학 후엔 포머가 알아서 붙잡아 줄 거니 난 남은 방학만 신경 쓰면 된다.

그렇게 헤이가 모브로 키에나에게 연락하는 사이, 난 아령을 수련장에 가지런히 정리했다.

그리고 헤이와 함께 식당으로 향했다.

'이따 오후에도 또 해야 하니까.'

쉬는 날 따윈 내 계획에 없다.

하나의 실험

식당에서 점심을 함께할 때, 방학 동안 어떤 목표를 달성하는 중이니 혼자 있고 싶다는 심정을 솔직하게 말하자 둘은 오히려 편안한 표정을 지었다.

"괜찮아! 아르텔이 이렇게 건강하면 됐어!"

키에나의 답이었다.

그렇게 점심도 짧게 끝낸 난 다시 신체 단련에 매진했다.

밥을 먹으면서 몸이 아주 미세하게나마 회복은 되었지만, 여전히 아픈 건 똑같았다.

한참이나 단련에 매진하던 난 문득 한 가지 궁금증이 들었다.

"혹시…… 그런 방법도 효과가 있을까?"

내가 생각한 것은 바로 5클래스 학생 능력 평가를 위해 헤이가 준비했던 마법, 파이지컬이었다.

구현한 마법을 삼켜 신체 능력을 폭발적으로 올렸던 그 마법.

지금 내 몸은 너무나 나약하여 달리기와 가벼운 아령 들기에도 이렇게 버거운 상태다.

헤이의 그 마법을 사용하고 수련하면 과연 효과가 있을지 궁금했다.

"마법사에게 궁금증을 해결하는 방법은 딱 하나지."

직접 해 보면 된다.

어차피 몸도 아픈 상태니 마법으로 잠시 쉬어 간다고 생각하면 편했다.

"가만있어 보자, 헤이의 마법을 그대로 베끼는 게 먼저인데……."

난 일단 그것만을 생각했다.

전직 대마법사인데 마법사의 마법 하나를 보고 못 베낄까.

그리고 난 플레우드.

마침 플레우드 마법에도 오감을 극대화하는 마법이 있지 않았던가?

5클래스에 처음 입성했을 때, 포머에게서 난 피 냄새와 사일러드의 기운을 느낄 수 있게 해 줬던 마법도 내게는 존재한다.

그것을 조금만 변형시키면 된다.

이 마법은 본래 상당히 난이도가 높은 마법이다.

다른 원소 마법들과는 구현 방법이 완전히 다르기 때문이다.

오감이란 건 몸이 느낄 수 있는 다섯 가지의 감각들.

따라서 인체 구조를 알고 있어야 해당 감각을 마법으로 극대화할 수가 있다.

나는 시각, 청각, 후각, 미각, 촉각 이 다섯 개의 감각을 느끼는 부위에서 근육과 폐로 마법을 거는 부위를 바꿀 생각이었다.

하지만 그래도 처음 시도해 보는 마법이기 때문에 어느 정도의 정신 집중은 필요했다.

가만히 눈을 감고, 마법을 구현하기 시작했다.

근육에 플레우드 마법을 적용시켜 그 크기를 부풀린다.

그리고 폐에도 동일하게 마법을 걸어 폐활량을 늘린다.

폐까지 기능을 극대화하는 이유는 체력 때문이다.

뛸 때 숨이 차는 것도 폐의 능력이 형편없어서 나타나는 현상이니까.

그렇게 새롭게 시도한 마법은 성공적으로 끝났고, 나는 눈을 뜨고 내 팔을 확인했다.

앙상한 나뭇가지와 같았던 팔은 사라지고 헤이와 똑같은 튼실한 팔이 되었다.

게다가 단순 근육이 늘어났을 뿐인데, 신기하게도 날 그렇게 괴롭히던 근육통까지 전부 사라졌다.

그 기세를 몰아 단번에 20kg짜리 아령을 번쩍 들어 봤다.

"……."

말도 안 되게 가볍다.

정말 깃털 같다.

양손에 20kg짜리 아령을 달고 뛰어 봤다.

고통이 하나도 느껴지지 않는다.

손에 묵직한 무언가를 들고 있다는 감각은 있지만, 힘들지는 않다.

그리고 뛰는 속도도 훨씬 빠르며 숨도 차지 않았다.

이대로 몇 시간은 쉬지 않고 내달릴 수 있을 것만 같았다.

"해답을…… 찾은 걸까?"

그러나 내가 원하는 완벽한 해답은 아니었다.

아직 풀지 못한 문제가 하나 남아 있었기 때문이다.

바로 마법을 통해 근육을 강화한 상태에서 아령으로 단련하면 단련된 상태가 영구적으로 지속될지에 대한 의문이다.

마법으로 인해 신체 능력은 분명 향상되었다.

하지만 그건 어디까지나 이 마법이 효과를 발휘하는, 일시적인 현상일 뿐이다.

신체 능력이 향상된 상태에서 더욱 무거운 아령을 들고 더 오래 뛰면 근력과 체력은 더욱 늘어날 것이다.

하지만 마법이 사라져도, 단련으로 향상된 근력과 체력이 그대로 남아 있을까? 마법으로 향상된 상태에서 향상된 것이니 마법과 함께 사라져 버리는 것은 아닐까?

만일 그렇게 되면 마법으로 신체를 강화한 뒤에 단련하느라 소요된 그 시간은 전부 쓸모없는 시간이 되어 버린다.

"이건…… 조금 위험하지만 확실히 확인해 보는 게 좋겠는데."

성공하면 단련이 수월해지는 거고, 실패하면 여태 해 왔던 것처럼 이를 악물며 천천히 단련하는 수밖에 없다.

아직 이것이 실패일지 성공일지 모르니 짚고 넘어가는 게 좋았다.

게다가 확실한 확인 방법이 있다.

비록 확인하다가 실패하면 정신을 잃고 다시 쓰러질 테지만…….

"그래도 해야 해."

그간 접해 본 적이 없는 미지의 세계다.

그런 세계 속에서 답을 얻는 방법은 수많은 시행착오를 겪는 것밖에 없다.

실패를 거듭해야 성공하는 방법을 알게 되니까.

시작부터 성공을 확신하는 건 안일한 마음가짐이라 할 수 있다.

난 곧장 플레우드 보주화를 수련장 한가운데에 구현했다.

모든 원소 마법을 흡수하는 플레우드 보주화.

하늘에 뜬 태양과 같은 강렬한 빛은 없지만, 분명히 내 눈에는 보인다.

태양보다도 더 찬란히 빛나고 있는 중이라는 것이.

그리고 보주화 속에 있는 마나를 천천히 비전력으로 전환하기 시작했다.

현재 난 마법으로 인해 신체 능력이 향상된 상태.

이것이 바로 내가 확실히 확인할 수 있는 방법이라고 생각했다.

몸은 직전과 비교하면 견줄 수도 없이 튼튼해졌으니, 비전력을 사용할 수 있는 상태인 것은 분명하다.

내 계획은 비전력을 구현 중인 상태에서 신체 능력을 향상시킨 마법을 해제하는 것이다.

그러면 이 방법이 쓸모가 있는지 없는지를 알게 된다.

그것은 곧 성공이냐 실패냐를 가르는 좋은 기준이 된다.

향상 마법을 해제시킨 그 순간 내가 정신을 잃으면 이 방법은 실패다.

즉, 마법이라는 인위적인 요소로 향상시킨 동안엔 무슨 단련을 해도 소용없다는 결과를 얻게 된다.

따라서 그 실험으로 가장 좋은 것이 바로 비전력이다.

적어도 난 그게 정답이라고 생각한다.

순수 마나로만 사용한 플레우드 보주화를 비전력으로 차

근차근히 바꾸던 중이었다.

아직까지 몸에 무리한 반응이 없다.

처음 비전력을 시험할 때, 구현을 하기도 전에 정신을 잃은 것에 비하면 놀라운 성과다.

그리고 수련장도 슬슬 변화하기 시작했다.

드드드……!

수련장을 이루는 구조물들이 퍼즐 조각처럼 분해되기 시작하더니 내 보주화 속으로 빨려 들어가는 소리다.

비전력은 '존재하지 않는 자원'이라고 불릴 정도로, 그 희귀성만 놓고 보자면 플레우드보다도 더 귀하다.

마법 학교와 검사 학교가 있는 위의 세계를 고대의 비전력 사용 원소사가 만든 곳이라고 했지 않았던가?

즉, 무(無)에서 유(有)를 창조하는 자원이며 원소가 가진 성질을 극대화하는 걸 넘어 아예 초월시키는 자원이다.

다른 원소를 예로 들자면.

대지 원소의 경우 단순 대지가 가장 단단한 광물인 다이아몬드로 바뀔 정도이고.

불 원소는 이 비전력을 사용하면 대상의 존재 자체가 사라질 때까지 절대 꺼지지 않는 화염이 된다.

플레우드는 모든 원소의 근간.

게다가 보주화에 비전력까지 더해진 상태이니, 일반 마법으로 만든 이 학교의 시설물들의 존재를 이루는 힘의 균형이 깨져 그 존재가 서서히 비틀어지고, 비전력 보주화에 빨려 들어가는 것이다.

얼음을 뜨거운 곳에 두면 열기라는 외압을 이기지 못하고 서서히 녹아, 이내 증발하는 것과 같은 이치다.

각자 고유의 존재를 이루는 힘이라는 게 있는 법인데, 강력한 외부의 힘으로 인해 그 힘이 위태롭게 변하는 것이다.

사람의 뼈도 강한 충격을 받으면 금이 가거나 부러지지 않던가?

지금 수련장의 모습이 그것과 동일했다.

따라서 지금 내가 지켜보는 현상은 내 비전력이 문제없이 잘 구현되었고, 작동도 잘되고 있는 상태라는 뜻이다.

'역시, 몸이 문제였군.'

몸만 어떻게든 강하게 만든다면 비전력은 전생과 똑같이 사용할 수 있다는 것에 일단 안도했다.

그리고 수련장이 전부 소멸하기 전에 난 신체 능력을 향상시킨 마법을 해제하기 시작했다.

'자…… 와라…….'

실패의 여파는 이미 겪어 봐서 잘 안다.

몸에서 피가 터지며 그대로 의식을 잃는 것.

따라서 실패의 가능성도 열어 두었기 때문에 심호흡하며 다가올 대가를 겸허히 기다렸다.

그리고 완전히 향상 마법을 해제했을 때였다.

뚝.

무언가 끊어지는 소리가 나면서 더는 아무것도 들리지도, 보이지도 않게 되었다.

아르텔이 수련장에서 쓰러지고 이 주일 후.

방학이 2주밖에 남지 않은 시점이었다.

라믹 리비아는 자신의 물 원소 마법으로 만든 다용도 연못(때때로 수영장으로도 사용한다)에 있었다.

파라솔 그늘에 누워 도구를 이용해 손톱을 갈아 정리하며 얼마 남지 않은 휴식을 온몸으로 느끼던 중이었다.

심지어 그녀의 옆엔 여흥을 즐길 칵테일까지 준비됐다.

불과 2주 전, 에드 가문을 잔혹하게 파괴한 모습을 생각하자면 전혀 어울리지 않는 행동이었다.

그러던 중, 그녀의 뒤에서 발소리가 들렸다.

"누구니?"

"어머니, 접니다."

리비아는 슬쩍 뒤를 돌아봤다.

그녀와 똑같은 푸른 눈동자와 머리카락을 가진 젊은 청년이었다.

"오, 우리 예쁜 둘째. 무슨 일이야?"

그의 이름은 라믹 펠리온.

사실 그는 정말 리비아의 둘째 아들이 아니다.

그런데도 펠리온을 그렇게 부르는 이유는 단순했다.

노힐 가문과 같이 라믹 가문도 형제 관계를 칭호이자 계급으로 사용한 곳이기 때문이다.

노힐 가문이 라믹 가문의 방식을 따라 했던 것이다.

리비아는 순수하게 마법적 재능이 뛰어난 자식에게만 정식 형제 관계를 부여했으며, 그녀의 자식들도 철저하게 그 순리를 따르는 중이다.

"일단 기뻐하실 소식을 먼저 전하겠습니다."

"잠깐, 안 좋은 소식도 있다는 거야?"

"……예."

"뭔데?"

"형님께서 깨어났습니다. 휴식을 조금 더 취한 뒤에 친위대로 복귀할 거라고 했습니다."

"오! 우리 장남이?"

리비아는 자리에서 벌떡 일어났다.

장남이란 칭호를 얻은 자식이 바로 가주를 제외하면 마법사가 오를 수 있는 최고의 경지.

대마법사 친위대장인 라믹 데이먼이었기 때문이다.

"네."

하지만 이내 리비아의 표정은 어둡게 변했다.

"그런데 안 좋은 소식은 뭐야? 설마 우리 데이먼이…… 팔 하나를 못 쓰게 됐다든가, 그런 재앙 같은 소식은 아니지……?"

펠리온은 슬쩍 편지 하나를 건넸다.

쪽지처럼 너저분하게 접힌 상태였다.

그것이 안 좋은 소식의 정체였던 것이다.

"뭐야, 이 편지?"

"에드 에타르에게서 온 편지입니다. 내용은 확인하지 않았습니다."

"……뭐?"

쪽지 구석에는 '에드 에타르'라고 적혀 있었다.

"내용도 확인하지 않았는데 내게 안 좋은 소식이라고 말한 이유는?"

"그야 에드 가문과 관련된 모든 것이 절대 우리 가문에 좋은 일일 수 없다고 생각했습니다."

맞는 말이다.

불과 2주 전만 하더라도 리비아 자신이 직접 나서서 에타르의 자식들을 없애 버리려 하지 않았던가?

"일단, 알았어. 가 봐."

"네."

펠리온은 정중한 인사를 남기고 자리를 비웠다.

그리고 리비아는 쪽지를 확인했다.

"……미친 건가?"
눈을 의심할 수밖에 없는 내용이다.

　친애하는 리비아에게.
　모브로 연락하는 게 편하긴 하지만, 굳이 편지로 전한다.
　간만에 동문끼리 모여서 식사라도 한번 하는 게 어떤가?
　우리는 한 분의 밑에서 마법을 배우고 동고동락하며 가주로 거듭날 수 있었는데, 어느 순간부터 서로 얼굴을 잊을 정도로 떨어져 살았군.
　언제까지 이렇게 단절된 상태로 살아야 하는가?
　다 같이 모여 화기애애한 식사라도 하면서 옛 추억을 느끼고 싶은 마음에 이렇게 편지를 쓴다.
　이미 알프릭과 트레샤도 함께 식사하는 것을 고대하고 있다고 내게 의사를 밝혔어.
　타일런트도 부르고 싶지만, 꼭대기에 묶인 몸이니 어쩔 수 없지 않은가?
　몸이 자유로운 우리끼리라도 해야지.
　그럼 답장 기다리겠네.

　추신, 내가 다 같이 모여 식사라도 하자고 제안했으니 내 가문에서 대접하는 게 당연하지만…… 공교롭게도 내 가문은 불의의 사고를 당해 그럴 수 없는 상태라서. 허락한다면 라믹 가문에서 대접을 받고 싶은데 괜찮겠나?

"얘 미쳤나? 아니, 에드 가문 꼬맹이 중에 누가 죽었나? 그렇지 않고서야 이딴 편지를 보내?"

편지를 전부 읽은 카비르가 말했다.

리비아에게 황급히 불려온 그녀는 황당한 눈빛을 하고 있었다.

"일생을 숨어서 살았던 놈이 요즘 들어서 정말이지 파격적인 행동만 한단 말이지."

리비아도 에타르의 생각을 읽을 수 없는 건 마찬가지다.

특히 편지 마지막을 장식한 추신.

에타르는 자신의 가문이 불의 사고를 당했다고 말했다.

에타르 자신이 모를 리도 없으니, 일부러 그렇게 쓴 것이다.

그런데도 라믹 가문에서 만찬을 즐기자는 황당한 제안까지.

도대체 어떤 믿는 구석이 있어서 이렇게 생각 없이 나오는지 당최 이해가 되질 않았다.

"알프릭이랑 트레샤와는 이미 말을 맞춘 모양이군, 처음부터."

카비르의 말이었다.

리비아는 자동적으로 고개를 끄덕였다.

"알프릭, 트레샤. 그것들은 이미 예전부터 에타르한테 붙었잖아, 우리랑 달리."

"그랬지."

아주 오래전 일화다.

아르키스 에이머의 시대가 끝나고 얼마 지나지 않았을 때다.

대마법사가 된 타일런트는 꼭대기에 묶였고, 에타르는 자신들을 포함한 다섯 명을 한곳에 불렀다.

그때 리비아는 에타르의 모습을 보고 조금 놀랐다.

분명 멀쩡했던 다리인데, 이젠 휠체어를 탄 상태로 만났기 때문이다.

그런데 에타르의 입에서 나온 말은 그보다 더 놀라운 것이었다.

타일런트가 우리의 스승을 죽이고 대마법사 자리를 약탈했다.

자신이 막으려 했지만, 다리를 이 지경으로 만들었다.

그러니 우리가 힘을 합쳐 그를 자리에서 끌어내리자.

이건 명백히 잘못된 일이다.

남은 우리끼리 잘못된 것을 올바르게 고쳐야, 스승님에 대한 예의를 지키는 것이다.

스승의 죽음의 진실을 안 트레샤와 알프릭은 크게 분노했고, 당장이라도 꼭대기로 뛰쳐나갈 기세였다.

　하지만 리비아를 포함한 카비르는 감정이 묻어나지 않는 표정을 짓고, 입을 꾹 닫았다.

　그 순간 리비아는 딱 한 가지는 확신할 수 있었다.

　'카비르, 쟤도 나와 같은 생각이구나?'

　상식적으로 대마법사란 자리는 마법 사회의 지도자이자 통솔자. 마법사가 오를 수 있는 최고의 자리.

　플레우드인 아르키스 에이머가 건재하는 한, 단일 원소사는 절대 대마법사로 오를 수가 없다.

　게다가 아르키스 에이머는 가문을 따로 만들지 않았지만, 언제 생각이 변해 가문을 만들지도 몰랐다.

　그러다 자식이라도 낳으면?

　대마법사란 자리는 고정적으로 플레우드가 대를 이어 가는 것이 당연해진다.

　비록 플레우드를 통해서라곤 하나 일곱 개를 다룰 수 있는 것과 하나의 원소만 다룰 수 있는 것은 노력으로 절대 좁힐 수 없는 격차니까.

　리비아는 그 소식을 듣고 이렇게 생각했다.

　'타일런트가 무슨 꼼수로 아르키스 에이머를 죽인 것인지는 모르나, 잘됐어. 타일런트 같은 단일 원소사가 대마법사가 되었다면 나도 될 수 있는 거 아니야?'

어둠 원소와 물 원소의 사이에는 상성도 존재하지 않는다.

리비아는 이에 욕심이 생긴 것이다.

평생을 플레우드 원소사인 아르키스 에이머 그림자 밑에서 살았는데, 시대가 변한 지금도 그럴 이유가 있을까?

변한 시대에서 적응하고 새로운 입지를 개척하는 것.

그것이 발전이라고 생각했다.

에타르, 알프릭, 트레샤처럼 과거에 얽매인 녀석들은 절대 발전을 할 수 없는, 처참한 재능을 가진 것들이다.

그 생각이 머리를 지배하기 시작하자 이젠 셋도 같잖게 보였다.

적어도 리비아는 다시 그림자 밑으로 들어가고 싶지 않았기 때문이다.

'타일런트에 붙어서 지지하는 척, 신뢰를 쌓다가 내가 그 자리를 뺏는다. 자, 그럼 이제 내 경쟁자는 카비르뿐인가?'

이미 그 순간 리비아는 자신만의 계획을 그렸다.

그렇게 카비르와도 목표는 숨긴 채 친분을 유지하고, 가깝게 지내기 시작했던 것이다.

"어떡할 거야, 리비아?"

과거를 한껏 회상하던 도중 카비르가 물었다.

"뭘 어떡해? 친히 만나자는데 피할 이유가 있어? 만나야 무슨 생각을 하고 있는지 알 것 아냐."

"넌 편지를 받은 순간 이미 답을 정해 두었던 거구나?"

"응."

"그럼 난 왜 불렀어? 상의하려던 게 아닌가?"

"편지에 적혀 있잖아. 너도 같이하자고."

"하여간 영악한 계집애."

에타르는 동문끼리라고 했으니 카비르도 포함이었다.

어차피 부를 사람이었으니 이 편지를 핑계로 미리 부른 것뿐이다.

"적어도 너한테는 그런 소리 듣고 싶지 않다."

리비아는 즉시 모브를 활성화하고, 에타르에게 메시지를 보냈다.

분교장들끼리 연락을 취할 수 있는 모브다.

타일런트가 예전에 만들어 준 것이지만, 실제로 사용하는 것은 오늘이 처음이다.

"뭐라고 보냈어?"

"길게 끌 거 있나? 오늘 저녁에 셋이 함께 내 가문으로 오라고 했어."

"피 튀기는 식사가 되겠는데?"

카비르는 전투를 바라는 것만 같은 말을 뱉었다.

"튀기면 어때? 내 물로 씻으면 그만이지."

리비아도 유혈 사태가 일어난다고 한들, 무섭지도 않았다.

지난 300년 동안 적어도 그 셋보단 자신이 훨씬 강력해졌다는 믿음이 있으니까.

그날 저녁.
예정대로 라믹 가문의 식당엔 호화로운 식사가 차려졌다.
쪼르르르르.
물 원소 가문을 나타내기 위함이었을까?
식당 가장자리엔 각종 조각상이 있었다.
호리병, 항아리를 든 조각상은 물을 쏟아 내며, 잔잔한 시냇물처럼 인위적으로 파 놓은 수로를 통해 물이 흐르고 있었다.
에드 에타르.
루스 알프릭.
라무스 트레샤.
미르네 카비르. 그리고 라믹 리비아.
다섯 가문의 가주가 한곳에 모인 이례적인 풍경이 그려졌다.
당연히 상석엔 가문의 주인 리비아가 앉았고, 오른쪽엔 카비르 혼자.
카비르와 마주 보며 에타르, 알프릭, 라무스가 나란히 앉았다.

"허허, 이거 참 염치없구먼. 내가 먼저 제안한 일인데 허락해 준 것도 고맙지만 이렇게 진수성찬까지."

다들 사냥 자세를 잡은 맹수처럼 잔뜩 몸을 굽히며 눈빛만으로 서로를 탐방할 때, 에타르가 그 정적을 깼다.

목소리가 비장하거나 어떤 수를 숨긴 것처럼 느껴지진 않았다.

어울리지 않게 명랑했다.

"일단, 먹지."

리비아가 상황을 주도했다.

그녀가 먼저 식기를 들자 나머지도 따라서 들기 시작했고, 각자 원하는 음식을 앞에 놓인 접시에 덜었다.

다만, 기묘한 점이 있다면 그들의 시선은 음식을 향하지 않았다는 것.

전부 서로의 얼굴을 살피며 조용하고도 차가운 신경전이 계속되었다.

에타르는 스테이크 하나를 집어 접시로 가져왔고, 한 조각 썰어 입에 넣어 삼킨 다음에 입을 열었다.

표정이 불만스러웠다.

"내가 좋아하는 굽기는 아니군."

그리고 에타르는 스테이크를 향해 자신의 마법을 구현했다.

"……뭐 하는 짓이지, 에타르?"

당연히 잔뜩 경계하는 사람은 리비아.

느닷없이 구현한 마법에 신경이 곤두섰다.

"뭐가 그렇게 예민하지? 내가 이 불로 너를 공격이라도 할까 봐?"

"……."

에타르의 불에 휩싸인 스테이크는 처음엔 맛있는 향기를 냈지만, 이내 그 냄새가 변하기 시작했다.

점점 타는 냄새로 변했고 육즙이 전부 빠져나가 딱딱한 숯덩이로 변한 뒤에야 에타르는 마법을 거뒀다.

이제 스테이크라고 볼 수 없는 수준이다.

작은 숯덩이라고 보는 게 맞았다.

에타르는 포크를 들고 숯덩이가 된 스테이크를 톡톡 건드렸다.

수분이 전부 날아가, 포크에도 찔리지 않는 스테이크가 되고 말았다.

"네가 좋아하는 굽기가 그건가, 에타르?"

"그래."

'웃기지도 않군.'

저건 이제 먹을 수 없는 음식이 되었다.

그런데도 좋아하는 굽기라니?

분명 뭔가 이유가 있는 행동임을 리비아는 알았다.

이내 에타르는 포크를 내려놓고 손으로 스테이크를 집어

입으로 가져갔다.

씹히지도 않을 정도로 딱딱해진 스테이크지만 에타르는 리비아를 똑바로 노려보며 스테이크를 씹었다.

그러곤 알 수 없는 말을 하기 시작했다.

"리비아, 먹을 땐 개도 안 건드린다는 우스갯소리가 있지 않던가?"

에드 가문의 일이다.

당시 에드 가문 마법사들은 식사 중이었다.

지금 에타르는 그 말을 하려는 것으로 보였다.

"무슨 뜻이지?"

"단순해. 그 말을 알고 있냐는 뜻이지."

"알고말고."

"그렇군……."

에타르는 잠시 말을 멈추고 딱딱한 스테이크를 계속 씹었다.

"만약 나라면 말일세, 리비아. 먹는 도중에 건드린다 면……."

다시 입을 연 에타르는 검지로 자신의 입을 가리켰다.

그 속에 든 스테이크를 가리키는 모양이다.

"내 불로 잿더미로 만드는 건 물론이요, 이렇게 잘근잘근 씹어 버릴 것 같아."

"……."

리비아는 확실히 느꼈다.

너를 이렇게 만들어 주마.

단, 그게 오늘은 아닐 뿐이다. 조심해라.

이 경고를 하기 위해 친히 여기까지 온 것이었다.

"글쎄, 씹기 전에 네 턱이 먼저 빠질 것 같은데."

하지만 리비아는 그런 에타르가 전혀 두렵지 않았다.

애초에 상성은 자신이 우위이며, 제자 생활 중에도 에타르에게 밀린 적은 한 번도 없었기 때문이다.

나는 너 따위에게 삼켜질 인물이 아니란 경고이기도 했다.

"퉤!"

에타르는 씹던 스테이크를 바닥에 뱉었다.

침과 섞여 너덜너덜해진 숯덩이 스테이크.

이젠 음식의 모습을 잃고 명백한 쓰레기가 되었다.

"스테이크는 고급 음식으로 평민들은 물론 하급 마법사들도 어떻게든 한 번이라도 먹고 싶어 하는 선망의 음식이지 않던가?"

"갑자기 그 얘기가 왜 나오지?"

"부러움의 대상이라는 뜻이야."

"근데?"

"지금은? 리비아 넌 저걸 보고 먹고 싶은 마음이 들거나 부러워할 거란 생각이 드나?"

리비아는 답하지 않았다.

"너희는 어때, 알프릭, 트레샤?"

둘은 고개를 저었다.

특히 알프릭은 '쓰레기를 먹고 싶겠어?'라고 덧붙이기도 했다.

전부 둘에게 하는 말을 돌려서 하는 중이다.

"저게 세상이 정해 주는 순리라는 거거든. 한때 선망을 받던 것들도 어떤 계기로 인해 시선도 주기 싫은 쓰레기가 되곤 하지. 반대로 쓰레기가 선망의 대상이 되고."

에타르는 다시 리비아의 얼굴을 똑바로 쳐다봤다.

에타르의 마음의 소리.

리비아는 알 수 있다.

선망의 음식을 현재 라믹과 미르네 가문에 비유한 것이다.

그야 두 가문은 마법 사회에서 모든 마법사가 부러워하는 선망의 가문이니까.

전부 타일런트에게 붙어서 얻은 결과물이다.

반대로 에드, 알프릭, 루스.

이 세 가문은 쓰레기로 평가된다.

지금 에타르의 말은 선망의 가문인 라믹과 미르네.

이제 곧 저 숯덩이 스테이크처럼 쓰레기가 될 것이라고 말하는 중이다.

그리고 자신들이 이제 선망의 가문이 될 것이다.

곧 그런 일이 일어날 것이라는 숨은 메시지다.

"잘 먹었네. 다음에 또 만나지."

에타르가 휠체어를 돌리자 알프릭, 트레샤도 일어났고 뒤도 돌아보지 않은 채로 떠났다.

본교를 위해

"그런데 에타르, 이게 정말 효과가 있을까?"

위의 세계에 있는 각자의 학교로 돌아가는 길에 트레샤가 물었다.

복수를 위해 방문한 라믹 가문이었지만, 정말 효과가 있을지는 미지수라고 생각하던 중이었다.

"있어."

에타르는 확신에 찬 목소리로 답했다.

"근거는?"

"리비아는 나에게 한 번도 뒤처진 적이 없지. 나도 제자 시절부터 솔직히 말하면 그녀한테 약간의 억하심정도 있었고."

"……."

"하지만 오늘 상황을 보면 누가 누굴 무시하는 것 같아?"

에타르가 묻자, 그제야 트레샤는 깨달음을 얻은 표정을 하곤 고개를 끄덕였다.

"리비아는 분명, 내가 전투를 벌이길 바랐을 거야. 자신이 이길 거라고 확신하는 중이니까. 하지만 지금은 때가 아니라고 생각하거든. 우린 시간을 조금 벌어야 할 의무가 있잖아?"

생환한 스승, 아르키스 에이머의 부탁이 있었다.

하지만 그렇다고 가문이 폭파당했는데도 가만히 있을 순 없으니, 이렇게 가벼운 도발만 할 생각이었다.

처음부터 그것이 에타르의 계획인 셈이다.

"에타르한테 완전히 말렸으니 자존심이 많이 상했을 거다, 리비아도. 표정 보니까 난 알겠던데, 트레샤 너는 그걸 몰랐어?"

알프릭도 거들었다.

"뭐, 딴 건 몰라도 미모는 여전하더라."

"……그게 지금 할 소리니?"

순식간에 알프릭의 표정은 벌레 보듯 했다.

"아무튼 에타르, 이다음 계획은?"

트레샤는 정말 아무 생각 없이 한 말이었다.

굳이 설명하고, 대꾸할 필요가 없으니 에타르에게 본론만 물었다.

"나에게 무시당했다는 사실에 속이 끓겠지, 자신의 물로 식힐 수 없을 만큼. 그래서 이제 행동이 과격하고 활동 반경이 전보다 넓어질 거야. 그러면 전에는 없던 틈이 생기지 않겠어?"

손수 나와서 에드 가문까지 부순 라믹 리비아다.

이 도발을 받고 가만히 있을까?

자식이 친위대장으로 있는데?

절대 그렇지 않다.

분명히 에타르가 아는 리비아라면, 이 치욕을 갚아 주기 위해 어떠한 짓이라도 벌일 것이다.

리비아가 직접 나서서 일을 꾸밀 게 분명하다.

그렇게 감시하다 보면 에타르가 했던 말처럼 전엔 보이지 않던 틈이 선명하게 보일 테니 에타르는 그 틈에 역공하면 된다.

"……조금 소름 돋네. 거기까지 생각했다니, 내가 알던 에타르답지 않잖아?"

알프릭이 말했다.

에타르가 그렇게 치밀하게 계획했을 줄은 정말 몰랐다.

"이제 지켜보기만 하면 돼, 느긋하게."

겨울방학이 끝나고 에드 분교 6클래스엔 새로운 학기가
시작되는 날이다.

어둠 원소 수업.

담당 교사는 드라코 포머.

그리고 수업을 듣는 학생은 단 두 명.

키에나와 헤이다.

"저기, 교감 선생님? 아르텔은 아직도……."

한 달 전, 아르텔은 강당에서 쓰러진 채 발견되었다.

포머는 그가 왜 쓰러졌는지 이유를 아는 사람이다.

분명 비전력을 연습하다 그렇게 되었을 것이다.

그리고 한 달이 지난 지금까지 아르텔은 깨어나지 못하는
중이다.

상태가 위독한 건 아니었다.

처음 그가 쓰러졌을 땐 몸에서 피가 뿜어져 나왔지만,
적어도 지금은 그런 증상 없이 단순히 정신만 잃었기 때문
이다.

"그래, 아직 안 깨어났어."

"상태는 괜찮죠……?"

"응, 건강해. 의식만 없는 상태라고 했으니까 너무 걱정하
지 마."

"다행이네요……."

전과 똑같이 두 학생은 양호실 출입을 금지했다.

아르텔의 회복을 위해서 포머가 조치한 일이다.

그리고 포머는 수업을 주도했다.

"이제 어둠 원소 수업 시간이니, 수업을 시작할까? 6클래
스엔 담당 교사도 없어서 내가 직접 너희 둘을 교육할 거야."

"……어, 그런데 교감 선생님. 저는 소환사인데요. 나가
있을까요?"

키에나의 질문이다.

"아니, 키에나 너도 들어."

"……네? 소환사인 제가요?"

키에나의 눈빛은 정말 순수했다.

소환사가 원소사 수업을 들어서 어디에 쓸 수 있을까 하는
궁금증이 잔뜩 서렸다.

"내가 교장 선생님한테 전해 듣기로 키에나 학생이 소환한
신물의 가죽이 전부 검은색이라고 하지 않았던가?"

하지만 포머는 다 생각이 있었다.

"네, 원래는 안 그랬는데 어느 순간부터 그러더라고요."

"지금 한번 소환해 보겠니?"

키에나는 어렵지 않게 신물 한 마리를 소환했다.

1클래스 때부터 다뤘던 페가수스였다.

역시, 가죽색은 여전히 검은색이었다.

"이 페가수스, 처음엔 검은색이 아니었지?"

"네."

"내가 이 현상을 어디서 본 적이 있는 것 같아서 책을 찾아봤거든."

"의미가 있는 현상인가요?"

"응. 키에나 학생, 넌 더블 캐스터일 가능성이 있어."

"……네?"

키에나의 눈동자가 흔들렸다.

아르텔을 시작으로 헤이도 5클래스에서 갑자기 더블 캐스터가 되었는데 6클래스인 지금, 자신마저 더블 캐스터일지도 모른다니.

믿을 수 없는 행운을 거머쥔 것만 같은 기분이었다.

"정말 제가 더블 캐스터요……?"

"그래, 소환사의 신물은 검은 가죽을 가진 신물이 없어. 너도 알 거 아니야? 5클래스에서도 공부했던 내용이니까."

"확실히…… 조금 이상하긴 했어요. 제가 본 책에 있는 신물들과는 다른 색이라서요."

"따라서 넌 어둠 원소도 다룰 수 있을지 몰라. 그래서 수업을 들으라고 하는 거야."

포머가 굳이 이 사실을 키에나에게 알려 주는 이유는 간단하다.

아예 솔직하게 말해서 자각하게 만들어 더블 캐스터라는

잠재 능력을 깨우기 위함이다.

본래 자신이 가진 잠재력이란, 자각할 때 비로소 나오기 마련이니까.

정말 그 잠재력이라는 게 존재한다면 말이다.

그리고 이미 방학 중에 아르텔과의 대화에서 합의도 본 내용이다.

당시엔 정말 키에나가 더블 캐스터인지 아닌지만 판단하겠다고 했지만, 아르텔은 개학 한 달을 남기고 다시 쓰러진 상태.

이건 포머의 독단적인 결정이다.

나중에 꾸중을 들을지도 모르지만, 처음부터 키에나의 정체를 꺼내는 게 아르텔의 지시였다.

따라서 키에나를 자각시키는 게 가장 빠르고 확실한 방법이라고 생각했다.

"만약 키에나 네가 6클래스 교육 과정 중에 더블 캐스터가 확실시되면, 아마 너희 셋은 형제일 거야. 그렇지 않고선 이 상황이 설명되지 않아."

보통 재능은 유전되는 경우가 많다.

게다가 이 셋은 보육원에 한날한시에 같이 들어온 친구들.

나이까지도 같다.

단순히 우연으로 치부하기엔 너무나 많은 것이 맞아떨어지고 있다.

가족일지도 모른다는 말에 키에나와 헤이는 서로를 눈을 휘둥그렇게 뜨고 바라봤다.

포머는 수업 설명은 그쯤으로 하고 다음 설명으로 넘어갔다.

"그리고 6클래스 학생 능력 평가를 알려 주지. 너희들에게 아주 어려운 과제가 될 거야."

"어려운 과제라면…… 마법을 한 세 개 정도는 개발해야 하나요? 6클래스니까!"

헤이가 천진난만하게 물었지만, 포머는 고개를 저었다.

"아니, 나와의 대련에서 이기는 거다. 너희 둘이 팀으로 말이지."

"……그게 말이 됩니까?"

학생 능력 평가의 정체를 알자 헤이의 표정은 금세 굳어졌다.

"그리고 본래 5년 안에만 합격하면 되는 교칙이 있었지?"

"6클래스부턴 그 교칙이 없다면서요?"

"개학하면서 바뀌었어. 6클래스는 올해 합격 못 하면 퇴학이야."

이건 이미 에타르의 허락을 받고 바꾼 것이다.

그리고 아르텔도 이미 상황을 극한으로 몰라고 지시했다.

그래야 이들이 가진 잠재 능력이 완전히 만개할 거라는 이유로.

"그건 너무 심한 거 아닌가요? 1클래스 때부터 그러더니 교칙이 왜 이렇게 자주 바뀌어요?"

헤이도 참을 만큼 참은 상태다.

그 힘든 상황을 이겨 내면서 어떻게든 6클래스까지 올라왔더니, 이젠 올해를 끝으로 학교에서 쫓겨날 수 있는 상황에 놓였다.

적어도 헤이는 올해에 퇴학이 확정이라는 생각만 들었다.

절대 교감을 이길 수 있을 거라는 확신이 없었으니까.

"……교감 선생님, 그런데 왜 저랑 헤이만 팀이죠? 아르텔은 어쩌고요?"

그러던 중 키에나가 물었다.

"아르텔은 내게 따로 건의한 적이 있다. 혼자 시험을 치겠다고 하더군."

이미 다 생각한 답안이 존재했다.

따라서 당황하지 않고 둘러댈 수 있었다.

"……언제요?"

"방학 중 입실 때. 너희는 출입 금지였지만, 교감인 난 아니니까."

"아……."

"그리고. 1년 안에 합격 못 하면 퇴학인 대신에, 특별한 조건이 하나 더 있어."

"뭔데요."

헤이가 여전히 딱딱하게 물었다.

"본래 6클래스의 학생 능력 평가는 5클래스와 똑같이 1년에 한 번만 치른다. 하지만 그것도 변경됐어. 매주 금요일 오후에 실시한다."

포머가 변경된 합격 기준을 마저 설명했다.

"따라서 1년으로 환산하면 무려 서른두 번이나 시험을 치르는 거지. 이 정도면 충분한 특혜라고 생각한다. 그럼 본격적으로 수업을 시작하지."

"……."

포머는 강압적으로 대화를 끝냈다.

그렇게 키에나와 헤이는 불편한 수업을 진행해야만 했다.

"헤이, 왜 안 먹어? 너 먹는 거 좋아하잖아."

"……."

오전에 있는 어둠 원소 수업이 끝나고, 키에나와 헤이는 아르텔 없이 점심 식사 시간을 가졌다.

하지만 헤이는 평소와 달리 음식은 거들떠보지도 않았다.

"아무리 서른두 번이나 치른다고 해도…… 올해 합격 못 하면 퇴학이라니, 너무한 거 아니야?"

당장 올해가 걱정이다.

걱정 없이 지낼 수 있을 거라 생각했던 6클래스가 가장 큰 고비가 된 순간이다.

　"아르텔이라면…… 이 상황에서 어떻게 했을까?"

　둘이 의지할 사람은 아르텔밖에 없다.

　하지만 양호실에 입실한 상태니, 조언을 구할 수도 없는 상태가 그저 침울하기만 했다.

　"아마…… 합격하면 된다고 하지 않을까?"

　키에나는 평소 아르텔의 성격을 생각하며 답했다.

　"그렇겠지……."

　"아르텔은 무슨 생각으로 혼자 시험을 보겠다고 한 걸까?"

　"글쎄, 우리랑 생각하는 방식이 완전히 다르잖아. 뭔가 있겠지."

　"그나저나 소환 과목은 알아서 자습하라니. 아무리 생각해도 이상해."

　어둠 원소 수업 때, 교감인 포머에게 들은 내용이다.

　자습은 늘 해 왔던 것이니까 어려운 게 없다.

　그러나 키에나는 그러한 포머의 방침이 수용되는 학교가 무척이나 이상하다고 생각했다.

　"불 원소 수업도 들으라고 했지?"

　헤이가 물었다.

　"응, 헤이 너랑 같이."

　"에휴, 넌 어쩌다 원소사 수업까지. 그나저나 6클래스만 올라오면 모든 게 끝날 줄 알았는데…… 뭐가 자꾸 늘어나는 것만 같네."

"나도 똑같은 생각이야. 머리 아파."

식사 시간인데도 둘 사이에서는 식기가 움직이는 소리보다는 한숨 소리가 더 자주 들렸다.

밴시는 수업이 끝나자마자 도서관과 연결된 비밀의 방을 찾았다.

"……왜 없지?"

그런데 아르텔의 답장이 없다.

분명히 평상시라면 있어야 할 답장의 존재가 사라진 것이다.

아르텔은 방학에도 밑의 세계로 내려가지 않기 때문에 길고 긴 방학 중, 이 비밀의 방으로 들를 일이 많았다.

그런데도 답장이 없다니, 밴시는 아르텔에게 무슨 일이 생겼다는 것을 직감할 수 있었다.

"……설마?"

밴시는 순간 불길한 생각이 들었다.

6클래스로 가면 교장인 에타르와 한 번이라도 만나야 하는 자리가 있다.

거기에서 무슨 일을 당했으니 비밀의 방으로 올 수 없었던 게 아닐까?

그렇다고 절대 에타르 따위에게 당할 사람이 아니란 건 알지만, 그래도 혹시 모를 일이다.

꼭대기에서 타일런트에게 당한 적도 있으니까.

"이래서 같이 올라가자니까!"

밴시는 사태가 심각하다는 걸 느끼고, 황급히 비밀의 방을 나와 5클래스 교수를 찾아갔다.

어떻게든 특별 전형을 받아 6클래스로 가야만 했다.

정확한 상황을 알아내기 위해서.

"음, 그러니까 밴시 학생. 특별 전형이 5클래스엔 없냐, 이 말이지?"

밴시는 곧장 나일론을 찾았다.

"네."

"예정에 없긴 한데……."

나일론은 난감하게 턱을 긁었다.

그 순간, 가슴에서 오는 통증에 그만 얼굴을 찌푸렸다.

방학 기간에 리비아, 카비르에게 당한 상처가 아직 아물지 않은 탓이었다.

나일론이 가장 오래 그들과 대치했고, 당한 부상도 제일 심했다.

하지만 그런 상황을 모르는 밴시는 그저 나일론의 모든 행동이 수상하게 보일 뿐이었다.

귀찮은 것처럼 갑자기 표정을 찌푸리는 것과 똑같이 보였으니까.

'이 학생이 에밋 델세르라고 했지.'

나일론의 생각이다.

이미 정황은 들어서 알고 있다.

그리고 아르텔.

아니, 아르키스 에이머라고 불러야 할까?

정확한 호칭을 뭐라고 할지 모르는 그 학생은 현재 6클래스에 있다.

올해를 끝으로 본교로 갈 것이고 내년이 이 길고 길었던 싸움의 종착지가 될 것이라고 이미 에타르에게 들은 바가 있다.

하지만 에타르의 걱정이 하나 있었으니, 아르텔 혼자 보내기엔 너무나 위험하다는 생각이었다.

누군가 그를 보좌할 사람이 같이 갔으면 좋겠지만, 그럴 사람이 없다는 게 문제였다.

당장 올해이기 때문에 조각사원이 학생으로 위장할 시간도 없었다.

'이 학생도 플레우드인데 같이 보내면 괜찮지 않을까?'

때마침 먼저 찾아와 준 밴시.

그녀의 이력을 살펴보자면 1클래스 때 아르텔과 붙어 있었으며, 아르텔의 정체도 아는 학생.

5클래스에 있을 이유가 없는 학생이기도 하다.

나일론은 이 학생이 아르텔과 함께 본교로 간다면 비교적 안전할 거라고 생각했다.

"밴시 학생, 이렇게 하자."

생각을 마친 나일론이 먼저 입을 열었다.

"네."

"일단, 학생의 경우엔 2클래스에서 특별 전형을 받은 이력이 있으니까 재능은 충분한 걸 나도 알고 있어. 더군다나 학생의 마법은 내가 직접 본 적이 있잖아?"

"……그렇죠."

"5클래스에서도 상당한 실력이야. 그러니 일단 교장 선생님께 내가 건의를 드려 보고, 승인하시면 특별 전형을 준비해 보지. 어때?"

밴시는 조금 의외라는 표정을 지었다.

2클래스의 스파클처럼 갖은 핑계를 대며 특별 전형을 쉬쉬할 거라 예상했는데, 교수 나일론은 제법 호의적이었다.

'왜 갑자기 이런 태도일까?'

하지만 마냥 안심할 수도 없는 노릇.

교수 나일론은 에드 가문의 마법사지 않은가?

자신의 적이다.

그런 나일론의 행동 하나하나가 전부 의심의 대상이 되었다.

"아무리 내가 교수라고 해도 특별 전형 같은 건 멋대로 만들 수 없어. 더군다나 여긴 5클래스잖아. 다음 클래스는 이 학교의 최고 클래스, 6클래스야. 교장 선생님의 승인이 필수적으로 필요하지."

"좋아요."

상황이 어떻게 흘러가는진 모르겠지만, 지금의 밴시는 마냥 졸업을 기다릴 여유가 없었다.

일단 6클래스로 넘어가고 봐야 했다.

"그럼 나가 보겠니? 승인받으면 따로 너에게 알려 주마."

"알겠습니다."

밴시는 더는 묻지 않고 미련 없이 교수실에서 나왔다.

그리고 나일론은 즉시 모브를 통해 에타르에게 연락을 시도했다.

─그래, 나일론.

"예, 교장 선생님. 건의 사항 하나가 생겼습니다."

─말해 봐.

"밴시 학생 아시죠?"

─에밋 델세르?

"네."

-그 학생은 갑자기 왜?

"방금 갑자기 특별 전형을 건의했어요. 6클래스로 가기 위해서요. 아르텔 학생 때문인 것 같은데, 마침 걱정하시는 것도 있어서 밴시도 빠르게 6클래스로 가면 괜찮을 거라고 생각합니다."

나일론은 슬쩍 개인적인 생각을 덧붙였다.

-흐음…… 그건 나도 같은 생각이지만…….

에타르는 한참이나 고민하다가 한숨을 내쉬었다.

"역시, 아직 준비가 안 되신 거죠……?"

나일론이 조심스럽게 물었다.

바로 에타르와 밴시의 오해 사건.

250년 에밋 가문이 몰락했던 것은 둘째 치고, 아르텔을 보호하기 위해 남아 있었던 에밋 가문 일원을 희생한 일을 어떻게 용서를 구해야 할지, 그 방법을 찾지 못했다.

-그렇긴 한데, 계속 미룰 수 있는 일도 아니잖아. 1학기 마지막 날, 특별 전형을 지시한다고 전해.

"알겠습니다."

-그리고 시험은 내가 감독하지. 어차피 그 학생과 난 풀어야 할 게 있으니까.

"……네. 괜찮으시겠어요?"

-난 괜찮지. 그 학생이 어떨지가 문제지.

"일단은…… 그렇게 알고 있겠습니다."

―그래. 참, 밑의 세계에서 회복하는 동안 임펠이 깨어났다며? 눈은 괜찮아?

"네, 멀쩡하고 건강합니다."

―다행이네. 조만간 한번 나 좀 보자고 해.

❦

"후우…… 한 번 더 가죠."

같은 시각, 밑의 세계 선술집 지하실.

임펠은 깨어나자마자 그야말로 강행군을 자처하는 중이다.

초월수를 계속 마시며 불 원소만 훈련 중이다.

그가 훈련 상대로 택한 것은 바로 선술집의 주인, 에밋 바이스였다.

"임펠, 너무 무리하지 마. 아무리 네가 부작용에 내성이 강한 몸이라고 해도, 걱정스러울 정도야."

약학 전문가 바이스는 그런 임펠의 상태가 걱정스러웠다.

정말 그야말로 한시도 쉬지 않고 마법을 구현하는 중이다.

깨어난 지 얼마 되지도 않았는데 저런 정신력을 보유했다는 사실이 놀랍긴 하지만, 마냥 감탄만 할 순 없다.

정말 저런 강행군이라면 정신이 영영 돌아오지 않을 수 있기 때문이다.

"아니요. 제가 하루 쉴 때 놈들은 열 걸음은 나아가요. 하루만 쉬어도 격차를 좁힐 수 없다는 뜻이죠."

'독이 바짝 올랐군……'

데이먼과의 전투에서 무언가를 느낀 모양이다.

"그런데 왜 초월수를 마시고 불 원소만 고집하지? 어둠 원소도 사용할 수 있잖아?"

"어둠 원소를 사용하지 않고 태울 놈이 있으니까요."

'역시…… 데이먼 때문이군.'

친위대장과 직접 전투를 벌인 임펠.

포머에게 듣기론 둘 다 의식을 잃으며 싸움이 끝났다고 했다.

임펠은 상성을 제 힘으로 완벽히 극복하고 온전한 승리를 하겠다는 일념으로 보였다.

"그러니까 어르신, 힘드시겠지만, 부탁드립니다."

"……당분간 영업은 물 건너갔군."

"어차피 손님도 없던 선술집인데 이참에 폐업해도 뭐 어떻습니까?"

"남의 일이라고 쉽게 말하긴. 좋아, 다시 간다."

"감사합니다."

그렇게 지하실엔 강렬한 플레우드와 불 원소 마법이 격돌했다.

"……괴물이네, 정신도 온전치 않을 건데 저 정도로 할 수 있다는 게. 그것도 몇 날 며칠을 쉬지도 않은 채로."

구석에서 그들의 마법 격돌을 지켜본 스파클이 말했다.

에드 가문이 습격당했던 그날, 바이스가 전부 이곳으로 대피시켜 회복 중이었다.

스파클 옆에는 레지가 벌린 입을 다물지 못했다.

"그러니까 저분이…… 친위대장 부대장 출신이라는 거죠?"

그는 임펠의 마법을 보고 또 다른 충격을 받았다.

"어."

스파클은 늘 그렇듯 딱딱하게 답했다.

"아군이 강하면 든든한 게 정상인데…… 왜 주눅이 들까요?"

"당연한 거야. 나도 주눅 드는데 네가 안 들면 비정상이지."

"저도 노력하면 저분처럼 될 수 있을까요……?"

그의 말에 스파클은 시선을 슬쩍 던지곤 코웃음을 쳤다.

"픕, 꿈 깨라. 노력으로 다 되면 개나 소나 대마법사 하지. 저건 재능이야. 나도 저렇겐 못 해."

"……."

'조각에 들어온 거…… 갑자기 후회되는데…….'

아군이 이 정도로 강하면 그와 비례해 적도 상상을 초월할 정도로 강하기 마련이다.

적이 과연 어떤 힘을 가졌을지 생각하니 겁이 먼저 났다.

레지는 바이스에게 수업을 받으며 생겨난 의지와 투지가 전부 사라지는 것을 느꼈다.

"혹여라도 경고하는데, 포기할 생각이라면 넌 내 손에 죽어. 우리 아무나 들이는 사람들 아니다. 그럴 만한 자격을 갖췄으니까 들인 거야."

그때 레지의 눈빛을 읽은 스파클이 말했다.

스파클의 입에서 나오는 것치곤 상당히 이례적인 격려의 말이었다.

그 말에 정신이 번쩍 든 레지가 황급히 말했다.

"포기 안 합니다. 말 나와서 말인데, 우리도 수련이나 할까요? 임펠 저분도 말씀하셨듯, 하루 쉬면 적들은 열 걸음은 나간다면서요. 우리 꽤 많이 쉬었는데……."

가만히 손 놓고 있을 수 없는 레지가 제안했다.

스파클은 눈동자를 굴리며 고민하다 답했다.

"그래, 나도 많이 놀았지. 그리고 어차피 나도 내일이면 학교로 돌아가야 하니까. 너 가르칠 시간도 오늘밤에 없네."

이미 포머에게 전해 들은 내용이다.

본래 개학 전에 6클래스로 돌아가는 게 마땅했지만, 회복 속도가 더뎌서 그 일정이 조금 미뤄졌을 뿐이다.

"네? 학교요?"

"어, 그렇게 됐다. 아무튼, 빨리 시작하자. 오늘은 화끈한 하루를 보내게 해 주마."

"네!"

유종의 미라는 걸까?

오늘 스파클은 평소와 달리 친절했다.

순간, 레지도 오늘은 포근한 수업을 받을 수 있는 건 아닐지 기대했다.

그렇게 둘은 구석에서 따로 수련을 시작했다.

"바비큐로 만들어 줄게."

시작하자마자 스파클이 한 소리다.

'……기대한 내가 잘못이지.'

아주 잠깐이라도 화기애애한 분위기를 연출하면 어디가 덧나나?

스파클은 그런 인정머리가 없어도 너무 없었다.

"……."

눈을 뜨자마자 보인 것은 하얀 커튼.

그것만 봐도 여기가 어디인지는 알 수 있었다.

그리고 쓰러지기 직전의 기억도 있으니, 내가 누워 있는 곳은 6클래스의 양호실이 분명했다.

"결국…… 마법으로 신체 능력을 향상시키는 방법은 실패군."

시전 당시엔 멀쩡하더라도 그 효과가 사라지면 여전히 몸이 버티질 못한다.

이로써 정답은 확실하게 얻었다.

남은 기간 동안 난 어떻게든 몸을 튼튼하게 만들어야 한다는 것.

팔, 어깨, 목을 순서대로 돌려 봤다.

'그래도 그간 단련한 게 성과는 있었던 것 같은데?'

처음 쓰러졌을 땐 피부까지 찢어져 피가 분수처럼 뿜어져 나왔지만, 적어도 지금은 그런 현상은 없다는 것.

이 증상만 보고도 약간의 희망을 얻었다.

조금만 더 하면 된다.

내가 일어난 지 얼마 지나지 않았을 때 양호실로 사람 한 명이 들어왔다.

하얀 머리카락과 눈동자를 가진 성인 여성.

처음 보는 사람이다.

"……누구지?"

"안녕하세요, 아르키스 님. 처음 뵙겠습니다."

그녀는 들어오자마자 내게 정중한 인사를 건넸다.

"그 이름을 알고 있다는 건……?"

"저도 조각사입니다. 에밋 리프라고 합니다."

에밋 가문의 마법사.

반가움이 먼저 들어야 했지만, 난 걱정이 앞섰다.

"여기를 함부로 이렇게 와도 돼?"

"에타르 님의 지시로 잠시 양호 선생을 맡게 되었습니다. 어차피 에타르 님의 학교이니, 신분이 새어 나갈 리도 없지 않습니까? 6클래스에는 다른 담당 교사도 없으니까요."

"에타르가 갑자기 왜?"

"아르키스 님의 개인 수련 때문에 몸이 자주 아프실 것 같다고, 저를 여기로 들이신 거죠."

에밋 가문은 의학은 잘 몰라도 약학엔 해박하다.

따라서 내 담당 약사 정도로 활용할 모양이었다.

"아무리 그래도 나 말고 다른 학생도 있잖아. 걔들 눈에 띄면 어쩌려고. 그 색을 하고선……."

"빛 원소사로 속이면 그만이죠. 저도 명색이 플레우든데요."

리프는 그게 무슨 큰 문제가 되냐는 투로 답했다.

플레우드니 빛 원소사 흉내를 내면 그만이라는 뜻이다.

뭐, 생각해 보니 그렇다.

빛 원소와 플레우드의 고유색이 같은 게 이럴 땐 도움이 많이 된다.

"그런데 하나 묻고 싶은 게 있는데."

"네, 무엇입니까?"

"혹시…… 델세르랑은 무슨 관계지?"

델세르란 이름에 그녀는 혼이 나간 듯, 잠시 멍한 표정을 지었다.

"표정이 왜 그래?"

"……큰언니가 생각나서요."

"큰언니? 델세르가 큰언니였어?"

"아뇨, 작은언니요. 큰언니가 늘 보고 싶다고 말했거든 요."

"그 큰언니는 어디 갔는데?"

"……멀리요."

그녀는 침울한 표정을 지으며 답했다.

나는 멀리란 단어가 어디를 뜻하는 것인지 눈치껏 짐작할 수 있었다.

이젠 볼 수 없는 곳이자, 정말 존재하는지 모르는 그런 세 상이 아니겠는가?

보통 사람들은 그런 세상을 저세상이라고 표현한다.

"으음…… 내 상태는 어떻지?"

나는 우울한 얘기를 벗어나고자, 급히 화제를 돌렸다.

"큰 문제는 없어 보입니다. 앞으로의 생활에도 지장은 없 는 것 같고요. 다만…… 비전력 구현 연습 때문에 이렇게 되 신 거라고 들었는데, 맞나요?"

난 고개만 끄덕였다.

"연습의 강도를 조금 조절하시는 게 어떨까 싶습니다. 분명 무리가 올 수 있으니까요."

내 정신은 누구와 견주어도 절대 지지 않을 만큼 튼튼하다.

하지만 역시, 몸이 문제였다.

"그나저나…… 나 얼마나 쓰러져 있었던 거야?"

"어제 개학했다고 하면, 대충 계산이 되실까요?"

"……오래도 누워 있었군."

답을 하며 침대에서 일어났다.

"퇴실해도 되겠지?"

"네, 물론입니다. 아 참, 이게 도움이 될지는 모르겠는데…… 일단 아르키스 님을 위해 만들어 봤습니다."

리프는 물과 똑같이 생긴 액체가 담긴 물약을 내게 건넸다.

조금 흔들어 보니, 물보다는 점액질이 조금 더 많은 액체였다.

"뭐야?"

"몸에 좋은 거라는데요."

"……라는데요? 그 말은 에밋 가문인 너도 제대로 모르는 물약이라는 뜻으로 들린다?"

"저희가 취급하는 물약은 정신력, 마력과 관련 있는 물약이지…… 몸을 튼튼하게 하는 물약은 처음 만들어 봐서 그 효과를 장담할 수 없으니까요."

"오호, 그러니까 나를 위해 특별히 에밋 가문에서 제작한 물약이다?"

마법사의 머리에서 나온 신체 능력 증강 물약이라.

솔직히 다른 마법사가 이걸 건넸으면 타일런트가 내 차에 몰래 탄 약처럼 의심부터 했을 거다.

하지만 약학에서 인정을 받고 있는 에밋 가문에서 만든 물약이라 하니 믿음은 갔다.

"네, 거듭 말씀드리지만 효과는……."

여전히 리프는 소극적인 자세였다.

"괜찮아. 이참에 내가 실험체가 되어 보지, 뭐."

"절대 아르키스 님에게 그 물약을 실험할 생각은……!"

그저 지나가는 말로 했을 뿐인데, 리프는 과한 반응을 보였다.

"그냥 한 말이야. 아무튼, 고마워. 효과가 있으면 알려 줄게."

"……네."

"대신, 효과가 있으면 주기적으로 만들어 줄 수 있지?"

"물론입니다!"

이번 대답은 아주 시원했다.

그렇게 양호실을 나와서, 내가 바로 향한 곳은 수련장이었다.

이미 한 달 전쯤에 쓰러졌는데, 아령이 수련장에 그대로 있다.

아마도 포머가 나를 생각해서 일부러 치우지 않고 놔둔 듯했다.

"얘기를 듣고 와 봤는데…… 깨어나시자마자 바로 단련이라니, 너무 무리하시는 거 아닙니까?"

이런 걸 호랑이도 제 말 하면 온다고 하던가?

포머를 생각했는데 포머가 수련장에 나타났다.

"무리는 무슨. 한 달이나 누워 있었으니 게을러졌다고 하는 게 맞지. 근데 수업 시간 아니야?"

슬쩍 시간을 확인했다.

오후 3시가 막 넘은 참이다.

"제 수업은 오전에 끝나고 지금은 스파클이 불 원소 수업을 진행하고 있습니다."

"……아, 그 말괄량이 아가씨."

"원하신다면 아르키스 님도 스파클의 수업 한번 들어 보시죠?"

난 잠시 스파클이 2클래스와 밑의 세계에서 보여 줬던 모습을 떠올렸다.

바로 고개를 강하게 저었다.

"됐어. 그러다 내 성격 나와."

"스파클은 아르키스 님을 엄청 뵙고 싶어 하던데요."

반면에 포머는 능글맞은 표정을 지었다.

"걔가 날 왜?"

"듣자 하니, 밑의 세계에서 스파클의 용암을 아주 간단하게 잠재웠다면서요? 그 일 하나로 아르키스 님이랑 주종 관계라도 맺을 기세던데요."

참…… 이상한 곳에 꽂히는 아가씨다.

"그게 그렇게 임팩트가 강하진 않았는데."

내가 사용할 수 있는 마법을 10이라고 치면, 그때 스파클에게 행했던 마법은 고작 4 정도였다.

스파클도 꽤 실력이 있는 마법사니, 그에 상응하여 나도 힘은 조금 썼어야 했다.

"그거야 아르키스 님 기준엔 그렇죠. 저희는 다릅니다."

"……하긴, 그렇겠네. 그나저나 스파클의 수업이라, 또 그 성질머리만 안 나오면 다행인데. 걔는 학생을 태우고도 남을 마법사잖아?"

"뭐, 그렇긴 하죠."

포머는 부정하지 않았다.

오히려 웃고 있는 걸 보니 이미 키에나나 헤이, 둘 중 누군가는 타고 있을 것만 같은 반응이다.

"참, 아르키스 님께 보고드릴 내용 하나가 있습니다."

"보고……?"

"이딴 게 어떻게 최단기간으로 6클래스로 올라온 거야?"

"끄아아아─!"

아니나 다를까.

아르텔의 예상은 정확했다.

이미 헤이는 불길 속에서 허우적대며 고통을 강제로 느끼는 중이다.

키에나는 그런 헤이의 모습을 보며 울상을 지었다.

"선생님…… 저러다 정말 죽을 수도 있겠어요…….."

"넌 운 좋은 줄 알아. 만약 너도 불 원소를 다룰 수 있었다면 저렇게 됐을 테니까."

하지만 스파클이 누군가?

인정사정없는 마법사다.

그녀는 키에나에게 오히려 경고했다.

'……무서워.'

키에나는 스파클의 분위기에 압도당해 그 뒤로 아무 말도 하지 못했다.

'그나저나 이상한데. 비명은 내지르고 있는데 몸이 너무 멀쩡하잖아?'

스파클은 헤이의 상태를 유심히 살폈다.

현재 자신의 용암에 뒤덮인 상태인데도 피부에 화상은 고사하고 상처가 나질 않는다.

'몸이 튼튼한 거야, 아니면 무슨 수작을 부린 거야?'

스파클은 궁금함에 자신의 마법을 거뒀다.

피부 표면만 열을 받아 조금 빨갛게 올랐을 뿐, 정말 아무런 상처도 없었다.

"휴! 이제 살 것 같다! 우와, 선생님 대단한 마법사네요!"

게다가 마법을 거두자마자 천진난만한 모습까지.

스파클은 표정을 굳혔다.

'……내 마법이 그 일 때문에 약해졌나?'

라믹 리비아와 미르네 카비르에게 습격당한 일을 말하는 것이다.

'아닌데? 어제 레지는 정말 죽으려고 했는데? 바비큐가 됐다고.'

하지만 그것도 이유가 되지 않는다는 걸 알았다.

레지가 어제 수업에서 팔에 심한 화상을 입어 붕대를 두껍게 감고 있는 걸 확인하고 6클래스로 왔으니까.

그렇다면 답은 하나다.

헤이라는 저 학생의 몸이 비정상적으로 튼튼하다는 것.

심지어 그녀의 마력으로도 생채기 하나 내지 못했다는 건 상당히 자존심이 상하면서도 불가사의한 일이다.

'도대체 뭐야?'

스파클은 난제 속에서 불편하게 수업을 진행해 나갔다.

하지만 정작 난제의 주인공은 자신의 몸이 그렇게 특별하다는 걸 모르는 눈치였다.

'보면 볼수록 내 머리만 복잡해지네.'

"음, 키에나에게 솔직히 말했다고? 더블 캐스터일 수 있으니까 수업을 진행한다고?"

포머에게 그 이유까지 전부 들었다.

확실히, 자각하면 잠재된 능력이 깨어날 확률이 더욱 높아진다.

정말 잠재 능력이 자신의 것이라는 가정하에 말이다.

포머는 그 사실을 전하는 내내 내 눈치를 봤다.

아무래도 독단적으로 결정했다는 이유에서 오는 불안감 탓이리라.

"잘했어. 그래서 결과는 어때?"

"어제부터 막 시작했던 참이라 아직 효과가 나오진 않네요. 그래서 지켜보려고 합니다."

"그럼 앞으로 상황을 지켜보면 되고."

"그리고 5클래스에 있는 밴시 학생은 1학기 마지막 날에 특별 전형 시험을 볼 예정입니다."

"밴시가 갑자기? 원래 예정에 없던 일이잖아?"

내가 깜짝 놀라자, 포머는 나일론에게 들은 얘기를 고스란히 들려주었다.

정말 뜬금없이 특별 전형을 건의한 밴시였다.

'왜 갑자기 그랬을까? 물론 6클래스에 내가 있어서 그런 건 알겠지만…….'

행동의 이유를 유추하던 중, 문득 걸리는 부분이 하나 있었다.

"아……."

그러고 보니 이번 방학은 내가 이 학교에서 생활하면서 가장 바빴던 방학이다.

에타르와 만났고 알프릭, 트레샤와도 만났다.

결정적으로 방학 내내 의식을 잃었기 때문에 비밀의 방에도 간 적이 없었다.

아무래도 그것 때문인 것 같았다.

"왜 그러세요?"

"밴시가 왜 그랬는지 알 것 같아서."

"짚이시는 이유라도 있나요?"

"답장을…… 안 해서 나한테 무슨 일이 생긴 줄 알았나 본데? 그래서 빨리 6클래스로 오려는 거고."

상황을 전부 알고 있는 포머는 답장이란 단어만 듣고도 곧장 이해했다.

"그럼 지금이라도 가서 답장을 남기셔야 하지 않을까요?"

"음…… 아니야. 굳이 그럴 필요는 없을 것 같아."

차라리 잘됐다.

의도한 건 아니지만, 상황이 이렇게 흘러가는 건 내게도 긍정적이다.

이왕 하지 않은 거, 난 앞으로도 답장은 하지 않기로 결정했다.

"왜요?"

하지만 포머는 내 생각의 이유를 제대로 알아채지 못한 눈치였다.

"어차피 밴시는 에타르랑 풀 게 있잖아. 이 상황에서 내가 난 잘 지내고 있다고 답장을 남기는 게 더 이상하니까. 에타르랑 먼저 풀게 한 다음에 나와 만나는 게 순서인 것 같아서."

"……생각해 보면 그런 것도 같네요."

"얘기는 그걸로 끝?"

"네, 그런데 개인적으로 여쭙고 싶은 것도 하나 있습니다."

"말해 봐."

"방학 중에 밑의 세계에 가신 적이 있다면서요. 그때 임펠에 관해서도 물으셨다고 들었는데."

"스파클이 그러디?"

"네."

"어, 많이 다쳤다며. 궁금해서 그랬지. 당시엔 아직 못 깨어난 걸로 아는데."

"얼마 전에 깨어났습니다. 건강하고요. 지금은 바이스 어르신과 수련에 매진 중이라네요."

"그거 다행이네."

문득 나는 임펠이란 마법사가 궁금해졌다.

과연 어떤 재능을 가지고 있기에 대마법사 친위대 부대장씩이나 될 수 있었던 것일까?

지금 시대의 대마법사 친위대는 내가 결성했던 조직의 성격을 많이 잃었지만, 엄연히 최고의 마법사를 모아 놓은 것은 변함없다.

임펠이란 마법사를 문득 보고 싶다는 생각이 들었다.

"혹시 말이야."

"네, 될 겁니다."

그런데 포머는 내가 묻기도 전에 확신에 찬 대답을 뱉었다.

"……나 아직 말도 안 했는데?"

"주제넘은 추측일 수 있지만, 임펠 얘기가 나오고 바로 물으셨으니 임펠을 만나고 싶으신 게 아닌가요?"

"……넌 실력보다 눈치로 교감이 된 것 같다?"

"하하, 틀린 말씀은 아닙니다. 눈치도 한몫했죠."

포머의 답에 나도 모르게 히죽 웃게 되었다.

0클래스에서 처음 본 포머.

그 뒤로 5클래스까지, 하나부터 열까지 전부 세어 보기도 귀찮을 정도로 마음에 들지 않았지만, 아군이라고 완벽히 인식된 지금은 몰랐으면 큰일 났을 것만 같은 느낌이다.

"학교로 불러올 방법도 있습니다. 포머는 저랑 같은 어둠 원소사인데 초월수의 효과가 잘 듣는 몸이라 비교적 오래 더블 캐스터를 유지할 수 있거든요."

"그 말은 스파클을 빼고, 임펠로 대신하겠다?"

"네, 그래도 되고요."

"굳이 그럴 필요까지 있냐? 나중에 내가 밑의 세계로 한번 가겠다고 전해."

2클래스 강당에 몰래 침투했을 때, 스파클은 교수직에서 잘리는 걸 두려워했다.

직위에 큰 욕심이 있다는 뜻이다.

그런 그녀인데 6클래스 교사직까지 내 임의대로 빼앗아 버린 걸 알면 얼마나 절망스러울까?

불필요한 조치라고 생각했다.

"알겠습니다."

"그럼 이제 나가 봐. 나 단련해야 해."

"넵. 몸 조심히 하십시오."

포머는 정중한 인사를 끝으로, 강당에서 나갔다.

난 곧장 리프에게 받은 물약을 꺼냈다.

"자…… 두 번째 실험."

효과가 있어야 할 텐데…….

리프가 준 물약을 들이켰다.

생긴 것도 물과 비슷하더니 맛과 향도 물이랑 똑같다.

워낙 걸쭉한 액체라 목을 넘어갈 때 기분이 조금 불쾌했다는 점 빼고는 차이점이 없었다.

심지어 물약을 털어 넣고 나서 느껴지는 것도 아무것도 없었다.

몸에 힘이 샘솟거나 하는 변화가 전혀 없다는 뜻이다.

그야말로 물약을 마시지 않았을 때의 기분과 똑같았다.

"효과가…… 있는 걸까?"

가장 좋은 방법은 직접 확인해 보는 게 정답 아니겠는가?

난 곧장 1kg짜리 아령을 들었다.

"음?"

기분 탓인가.

아령이 제법 가볍게 느껴졌다.

그 기세를 몰아 양손에 아령을 쥐고 수련장을 몇 바퀴 달려 봤다.

방학 때처럼 숨이 쉽게 차지 않았고 팔이 아프지 않았다.

확실히 리프의 물약은 효과가 있는 것으로 보였다.

"이러면 한층 수월하겠는데?"

그렇게 난 아령의 무게를 늘려 봤다.

2kg을 건너뛰고 3kg짜리다.

3kg도 제법 수월하게 소화할 수 있었고, 차근차근 무게를 늘렸다.

내가 힘들다고 느낀 건 5kg부터였다.

그렇다면 내 단련은 5kg부터 시작이다.

리프는 과연 효과가 없을지도 모른다고 소극적인 자세를 취했지만, 확실히 내가 느끼기엔 효과가 있었다.

1kg에서 5kg으로 단번에 건너뛸 수 있게 되었으니까.

시간 가는 줄 모르고 오늘을 시작으로, 수련장에서 살듯이 했다.

꧁

개학한 주의 금요일 오후가 되었다.

헤이와 키에나는 마지막 수업을 남겨 둔 상태다.

사실, 수업이라고 할 순 없었다.

다름 아닌 오늘이 교감 포머와 대련하는 날이었기 때문이다.

대련이 예정된 장소는 6클래스의 대련장.

5클래스에선 일정한 크기의 대련장이 구역별로 나뉘어 있었는데, 6클래스는 1클래스처럼 넓고 뻥 뚫렸다.

3클래스 때의 포털도 없는 그런 평범한 대련장이다.

키에나와 함께 미리 나와 교감 포머를 기다리며 요란한 기합과 함께 몸을 풀던 헤이가 말했다.

"후! 하! 키에나! 할 수 있지?"

목소리는 최대한 씩씩하게 냈지만, 떨리는 건 어쩔 수 없었다.

상대가 이 학교의 2인자, 교감이지 않던가?

거대한 장벽과도 같은 상대인 만큼 마음가짐과 달리 본능적으로 움츠러들게 되었다.

"응…… 할 수…… 있어!"

키에나도 헤이와 똑같이 최대한 씩씩하게 답했다.

"다들 제시간에 모였군."

드디어 시험의 시간이 다가왔다.

포머는 대련장에 두 학생과 달리 여유로운 모습으로 나타났고, 들어오자마자 대련장 입구에 차단 마법을 굳게 걸었다.

포머는 여유로웠고 특별한 생각이 없었지만, 헤이와 키에나에게는 그렇지 않았다.

이제 곧 그와 마법을 견준다고 생각하니 수업 때와 달리 포머의 모습이 무시무시한 괴물로 다가왔다.

"시작할까?"

포머가 냉철한 목소리로 건넨 한마디.

역시나, 두 학생은 그런 사소한 것에도 쉽게 겁을 먹었다.

"아직 준비가 안 됐나?"

"……아, 아니요."

재촉하자 헤이가 어렵게 입을 뗐다.

"어차피 기회는 많아. 오늘 시험에 떨어지더라도 서른 번이나 넘게 남았다고. 마음 편하게 먹도록."

"……."

그 말을 들은 헤이와 키에나는 '그게 말처럼 쉽나요…….'라는 말을 속으로 삼켰다.

"일단 무대가 필요하겠군."

포머가 모브를 활성화하고 간단하게 조작하자, 대련장 일대에 암흑이 드리워졌다.

6클래스에서 원소 우대 대련장으로 바꾸는 방법이다.

6클래스를 관리, 감독하는 교감의 권한이기도 했다.

안 그래도 포머의 인상착의는 온통 검은색인데, 암흑까지 더해지자 그 모습이 흐릿하게 감춰졌다.

"……뭔가요?"

키에나가 깜짝 놀라며 물었다.

"뭐긴? 어둠 원소 우대 대련장으로 바꾸는 거지."

"아…… 아니, 교감 선생님이랑 대련도 모자라서 탭 테이킹까지 적용받는 건 너무하신 거 아닌가요……?"

교감이 8서클이라 부담스러운데 심지어 환경까지 어둠 원소에 유리하게 바꾸다니.

아무리 헤이가 불과 어둠의 더블 캐스터라 어느 정도 도움을 받을 수 있다지만, 키에나는 부당하다고 생각되었다.

"키에나 학생도 6클래스로 올라오더니 말이 많아졌군. 이런 걸 머리가 커졌다고 하지."

"……네?"

하지만 포머는 여전히 냉철하게 답했다.

일부러 의도적으로 그렇게 말한 것이다.

상황을 극한으로 몰아야 잠재 능력이 제대로 나올 테니까.

'어차피 네가 어둠 원소를 다룰 수 있다는 추측이 맞다면, 너에게도 유리한 환경일 테니까.'

마침 포머는 어둠 원소사에, 헤이는 불과 어둠의 더블 캐스터.

그리고 키에나는 어둠과 소환의 더블 캐스터일 가능성이 높다.

결과적으론 누구 하나만 유리한 게 아닌, 셋에게 평등한 환경인 셈이다.

"자꾸 종알종알 말대꾸할 거라면 시험을 취소하지. 그렇게 된다면 당연, 졸업은 못 하겠지만."

철저하게 학생의 상황을 봐주지 않는다.

포머는 그 생각만으로 시험을 진행하는 중이다.

키에나와 헤이는 서로 시선을 교환하더니 별수 없다는 투로 고개를 저었다.

"……하겠습니다."

그것이 둘이 내린 결론이었다.

둘의 눈빛을 본 포머는 고개를 끄덕였다.

"좋아, 바로 시작한다."

그렇게 6서클 학생 둘과 8서클 교감의, 결과가 뻔한 대련의 막이 올랐다.

'간 보지 않고 처음부터 강하게 나간다, 정신 차리지 않으면 죽을지도 모른다는 공포를 심어 줄 정도로.'

포머는 시작하자마자 암흑 환경에 자신의 몸을 숨겼다.

그리고 검은 송곳을 다수 구현해 키에나와 헤이를 노렸다.

암흑이 드리워져 헤이와 키에나의 모습은 포머에게도 보이지 않았지만, 8서클 마법사에게 둘의 위치를 찾는 것쯤은 식은 죽 먹기였다.

감지 마법으로 오차 하나 없이 전부 위치를 파악하고 있었다.

푹!

시작하자마자 들린 피격음.

"끄윽……."

헤이의 몸에 명중되었다.

포머는 두 학생을 공격하되 철저한 한 가지 원칙을 세웠다.

"헤, 헤이……? 괜찮아?"

"괜찮아! 키에나! 집중하자!"

바로 치명상만은 피한다는 것.

극한의 상황으로 모는 것은 마법을 이용한 물리적인 공격만으로 충분하다.

죽어 버리면 포머도 난감하긴 마찬가지였다.

화르륵-!

그러던 중 암흑 속에서 검은 화염이 피어올랐다.

'파이지컬인가.'

헤이가 개발한 비장의 마법이었다.

'하지만 간과한 게 있어. 불길 때문에 네 위치가 쉽게 발각된다는 점이지.'

포머는 곧장 헤이에게 속박 마법을 걸었다.

"몸이 안 움직……!"

그리고 쉴 틈도 주지 않고 곧장 헤이의 어깨를 향해 검은 송곳을 찔러 넣었을 때였다.

팅!

'확실히…… 보통내기는 아니구나.'

파이지컬이 활성화된 헤이의 몸을 포머의 검은 송곳이 뚫지 못하는 불상사가 일어났다.

'그렇다면 조금 더 강하게 하는 수밖에.'

"헤이! 내가 시선을 끌게!"

키에나는 더는 얼어붙지 않고, 대련에 착실하게 임했다.

곧장 다룰 수 있는 신물을 전부 꺼냈다.

소환된 키에나의 신물은 마치 미리 명령을 인식이라도 한 듯, 포머의 기운과 냄새를 좇아 공격하기 시작했다.

'확실히…… 내가 겪은 학생들과는 다르다.'

포머는 교감으로 있으면서, 이 학교의 마지막 관문 6클래스에서 수많은 학생들을 직접 퇴학시킨 이력이 있다.

그 수에 비례하여 소환사도 적지 않은 비율로 존재했다.

그러나 이렇게 암흑이 깔린 상태에서 신물이 스스로 움직여 그를 좇는 경우는 없었다.

어둠 원소 수업 땐 키에나의 재능을 직접 확인할 수 있는 상황이 없었지만, 직접 이렇게 대면하니 그 차이가 확연하게 드러났다.

하지만 이 시험의 목적은 그저 감탄만 하려는 것이 아니다.

포머는 검은 송곳으로 키에나의 신물 전부를 난자했다.

그럼에도 신물들은 처리되지 않았다.

'신물은 소환사의 역량에 비례한다고 했지. 확실히 다르구나.'

결국 헤이건 키에나건, 포머의 마법에도 제법 버틸 수 있는 단단한 내구력을 가지고 있다는 뜻이다.

공격력은 아직 형편없을지 몰라도 방어력만큼은 포머가 겪은 학생 중 최고다.

'쯧, 내가 학생들을 상대로 이 마법까지 써야 하나.'

포머는 확실하게 끝내기 위해 사방으로 검은 장막을 퍼트렸다.

이내 장막은 종이를 갈기갈기 찢은 것처럼, 그 조각이 포머의 열 손가락과 전부 연결되었다.

보주화를 사용할 수 없는 포머의 궁극의 마법이었다.

각 손가락에 연결된 조각은 검사의 칼날과 같다.

그리고 원하는 형체로 팽창, 축소할 수 있기에 이런 암흑 속에서 제격인 마법이었다.

포머는 지휘자가 된 것처럼, 제자리에서 손가락을 분주하게 움직였다.

'조금 아플 거다.'

그의 손짓에 따라 퍼트려진 악몽 속 칼날들은 키에나의 신물뿐만 아니라 키에나, 헤이까지 사정없이 난자했다.

손짓을 마친 포머는 상황을 살폈다.

검은 화염도, 자신을 쫓아오던 신물도 이미 사라진 상태다.

대련장에 퍼트려진 암흑을 거두자 키에나와 헤이는 피를 흘리며 쓰러져 있었다.

"……."

쓰러져 있는 모습을 보고 있자니, 미안한 감정보단 허탈함을 느꼈다.

이 학생들에게 연민을 느낄 필요는 없다.

애초에 이미 아르텔에게 듣지 않았던가?

타일런트보다 위에 있는 마법 사회의 적, 사일러드와 어떤 연관을 가지고 있을지 모르는 학생들이다.

하지만 포머가 허탈함을 느낀 이유는 다른 것 때문이었다.

'전력을 퍼부어야…… 겨우 쓰러트릴 정도라고?'

이것 때문이었다.

이들이 가문처럼, 체계적이고 전문적인 맞춤형 교육을 오랫동안 받는다면…….

어떤 괴물이 탄생할지 상상도 하기 싫을 정도다.

키에나와 헤이가 깨어난 건 그다음 날 오후였다.

둘은 마치 약속이라도 한 것처럼, 동시에 조용히 눈을 떴다.

키에나는 고개만 옆으로 슬쩍 돌려, 헤이가 일어난 것을 확인했다.

"헤이, 우리…… 할 수 있을까?"

당장 자신들의 건강 문제보다 과연 교감 포머를 이기는 시험에 대한 걱정이 먼저였다.

"……모르겠어."

거한 포머의 공격을 받은 둘은 완전히 전의를 상실한 패잔병의 모습이었다.

"아르텔은 도대체 무슨 생각으로 혼자 시험을 치르려는 걸까……."

키에나가 혼잣말로 중얼거렸다.

걱정 반, 부러움 반의 목소리였다.

"나도 모르지."

헤이는 포머에게 당했던 그 순간을 되짚어 봤다.

"어?"

그러다 문득 해답을 찾은 기분이 들었다.

"왜 그래, 헤이?"

"생각해 보니까. 우리가 정신을 잃기 전에 맞은 마법 말고 다른 마법은 나나 네 신물이나 전부 끄떡도 없었잖아."

헤이의 말에 키에나도 당시 상황을 그렸다.

"음…… 그랬지?"

"그렇다면 그 마법만 피하면 어떻게든 된다는 게 아닐까?"

"아!"

그 순간 키에나도 깨달음을 얻은 표정을 지었다.

내 일상은 늘 똑같았다.

아침에 일어나면 식당으로 가서 아침을 챙겨 먹고, 바로 양호실로 직행해 리프에게 물약을 건네받는다.

그리고 물약을 마신 상태에서 수련장에서 신체 단련에 매진.

그 행동 패턴을 어느덧 한 달이 넘게 유지하던 중이다.

고작 한 달이 지났는데 단련의 효과는 실로 놀라웠다.

막 시작했을 때와 달리 지금은 2시간쯤은 5kg 아령을 들고 쉬지도 않고 달릴 수 있으며, 아령도 더 오래 들 수 있었다.

그리고 앙상한 나뭇가지 같았던 내 팔은 헤이만큼은 아니지만, 제법 두꺼워졌다.

눈에 보이는 성과가 있다 보니 나도 욕심이 생겨났다.

과거 스승님에게 마법을 배웠던 시절처럼, 학구열이 불타오른 것이다.

그렇게 다시 한 달이 지나고 마침내 1학기 마지막 날이 다가왔을 때였다.

포머가 나를 찾아왔다.

그런데 그의 표정이 난해했다.

분명, 좋지 않은 소식을 전하려는 것이리라 짐작했다.

"뜸 들이지 말고 본론만 바로 말해."

"예……."

소소한 성과

포머는 여전히 난해한 표정을 유지하고, 우물쭈물한 자세를 취했다.

도대체 얼마나 충격적인 소식이기에 저런 태도일까?

난 더는 재촉하지 않고, 먼저 말할 때까지 기다리기로 했다.

애초에 나를 찾아온 것 자체가 소식을 전할 준비는 되었다는 뜻이다.

다만, 내 앞에 서니 차마 입이 떨어지지 않는 것뿐이리라.

내가 10kg짜리 아령을 들고 팔의 근육을 키우던 그때였다.

"키에나랑 헤이 학생이…… 시험을 통과했는데요."

"……?"

쿵!

정말 예상치도 못한 소식에 난 그만 아령을 떨어트리고 말았다.

아직 1학기가 끝나지도 않은 상황인데 시험을 통과했다는 말은…….

"너를 이겼다고?"

"……네."

포머는 죄를 지은 사람처럼 어렵게 답했다.

"너무 봐준 거 아니야?"

내 말에 강한 부정을 온몸으로 표현하듯, 포머를 고개를 강하게 저었다.

"아닙니다. 상황을 극한으로 몰라고 하지 않으셨습니까? 전 정말 진심을 다했습니다."

"……그런데 졌다고?"

"네, 부정할 것도 없이 전 실력으로 진 게 맞습니다."

포머가 왜 그런 소극적인 모습인지 알 수 있었다.

명색이 8클래스 마법사고 이 학교의 교감인데…….

6클래스로 올라온 학생 두 명에게 1년도 되지 않은 시간에 패했다는 충격적인 사실에 그 자신이 가장 괴로웠을 거다.

"아니…… 어떻게……?"

나도 키에나와 헤이의 대련을 지켜본 입장은 아니기에 정확한 상황을 모른다.

하지만 아무리 그렇다 해도, 역시 믿기 힘든 소식이긴 했다.

포머는 그렇게 대련 당시에 상황을 설명했다.

"제가 이상한 걸 느낀 건 다섯 번째 시험부터였습니다."

1년 동안 총 서른두 번의 시험을 치르고, 1학기는 그 반절인 열여섯 번의 시험을 치르면 끝이다.

즉, 포머는 열여섯 번의 반도 되지 않는 다섯 번째부터 상황이 묘하게 흘러간다는 걸 알아차렸다는 것이다.

나는 아령도 떨어트린 김에 바닥에 주저앉아 포머의 설명을 경청했다.

포머도 정중하게 내 앞에 앉아 나머지 설명을 시작했다.

"네 번째까진 두 학생이 저를 상대할 때 말로 떠들면서 했거든요. 키에나 학생이 신물을 소환하면서 제 움직임을 봉인하겠다고 말하면, 헤이 학생이 저를 노리는 방식으로요."

"다섯 번째부턴?"

"서로 말을 하지 않았어요. 마치 한 몸이 움직이듯, 상당히 체계적이고 각자 역할 분담이 완벽히 되어 있었죠. 말하지 않아도 아는 것처럼요."

그간 키에나와 헤이는 마법을 다루는 방법이나 연구했지 합을 맞춰서 상대를 제압하는 방법은 연구한 적도 없었다.

"설마…… 그 비상한 성장이 아직도 진행 중이란 건가?"

합을 이루는 건 3클래스에서 치렀던 특별 전형과는 완전히 다른 상황이다.

그땐 그저 합심해서 버티기만 하면 되는 간단한 문제였지만, 지금은 8서클이라는 거대한 산을 오로지 두 명의 힘으로 말끔히 뽑아야 했으니까.

그 어려운 걸 단기간에 둘이 해낸 것이다.

"솔직히 말씀드리면…… 이건 단순한 재능이 아니에요. 아무리 재능이 뛰어나다고 한들, 제가 이렇게 허무하게 질 리가 없습니다."

그게 포머의 결론이다.

단순 잠재 능력이 뛰어난 게 아니라 그릇부터 달랐을 수가 있었다.

이에 난 한 가지를 실험하고 싶었다.

"포머."

"네, 아르키스 님."

"그 둘한테 행했던 대련 방식, 나한테도 해 봐."

"알겠습니다. 그럼 대련장으로 같이 가시겠습니까?"

"여기에선 못 하고?"

"그게…… 어둠 원소 우대 대련장으로 설정했는데도 제가 진 거라서요. 당시랑 똑같은 상황을 연출하려고요."

허허…….

이건 또 무슨 소리냐?

그저 단순히 대련으로 진 줄 알았더니 어둠 원소 우대 대련장까지 더해진 상황이라니.

키에나, 헤이.

어둠 원소와 관계가 깊을 거라고 예상하고 있었다지만, 알면 알수록 드러나는 건 없고 오히려 진실을 더욱 꽁꽁 감춘 미스터리 덩어리다.

"……알았다. 가자."

"제가 두 학생에게 공격했던 방법 그대로를 재현하겠습니다."

포머는 대련장에 도착하자마자 모브를 통해 어둠 원소 우대 대련장으로 바꿨다.

6클래스에 한해, 교감의 고유 권한이라고 했다.

암흑으로 드리워진 대련장 내부.

그리고 포머의 모습도 서서히 보이지 않게 되었다.

육안으로는 그가 어디에 있는지 찾을 수 없지만, 포머도 지닌 마력이 상당한 마법사다.

따라서 마력이 풍기는 위치만으로도 난 포머가 어디에 서 있는지 알 수 있었다.

이어지는 포머의 마법.

굳이 눈으로 보지 않아도 그 마법의 정체는 너무나 뻔했다.

300년 전 타일런트에게 당했던 마법, 검은 송곳.

포머도 드라코 가문에서 자랐으니 저 마법을 주력으로 사용하는 것 같았다.

난 플레우드 6서클 수준 방어 마법, 인비저블 암을 팔에만 둘렀다.

나를 향해 다가오는 검은 송곳을 전부 팔로 쳐 내자 인비저블 암을 맞곤 그대로 소멸했다.

하지만 고개를 갸웃하게 됐다.

8서클 마법사의 공격이라고 하기엔 너무나 단조롭고 그렇게 강력하게도 느껴지지 않았기 때문이다.

"이게 끝은 아닐 거 아냐?"

"물론입니다."

포머가 기다렸다는 듯이 답한 그 순간이다.

오싹.

"……."

등? 목덜미?

정확히 어디인지는 모르지만, 내 몸 뒷부분에서 약간 소름이 끼쳤다.

이내 소름이 내 몸 전체를 휘감았다.

이어지는 포머의 공격.

마치 거대한 라이칸 무리가 내 주위에 있는 것 같았고, 날카로운 발톱으로 사정없이 난자하는 듯한 공격이었다.

티잉—!

팅!

포머의 공격은 내 인비저블 암에 부딪히는 순간 소멸했지만, 내게 충격은 분명히 전해졌다.

온몸이 진동 때문에 얼얼할 정도였다.

'이런 포머의 공격을…… 그 둘이 뚫었다는 건가?'

포머는 정말 상대를 죽일 듯한 공격을 퍼붓는 중이었다.

그때 공격이 갑자기 멈추더니 포머가 물었다.

"그만할까요?"

"아니, 계속해."

"……네."

포머의 공격은 더욱 거세졌다.

꼭 폭풍우 속에 갇힌 몸처럼 충격으로 인해 나는 이리저리 발걸음을 옮기게 되었다.

'도대체 이걸 어떻게 뚫고 포머를 이긴 걸까?'

일부러 난 포머의 공격을 막지 않고 몸으로 받아 내는 중이다.

키에나와 헤이.

도대체 너희는 어떻게 이 난제를 풀었던 거냐?

'……모르겠다.'

내가 가진 상식을 벗어난 것을 둘은 가지고 있다는 뜻일까?

플레우드인 난 이 상황을 극복하기 위해 플레우드 보주화를 구현하면 되는 아주 간단한 문제지만, 그 둘에게는 그렇지 않다.

이제 고작 6서클 마법사들이고, 플레우드도 사용할 수 없기 때문이다.

그런 제약이 있는 상태에서 이 공격을 뚫었다는 건…… 어쩌면 나보다도 훨씬 강한 마법사들일지도 모른다는 뜻이다.

난 플레우드 보주화를 구현했다.

그러자 어둠 원소 우대 대련장인 암흑까지 사라지고, 포머의 마법도 완전히 소멸했다.

"보주화를 갑자기 왜……?"

"플레우드인 난 이렇게 파훼할 수 있는데 그 둘은 대체 어떻게 한 거야?"

"그게…… 키에나의 신물이 제 위치를 정확히 파악하고 저를 공격했고, 그러다가 틈이 생기면 파이지컬 상태인 헤이가 기습해 왔습니다. 꼭 검사들처럼 주먹을 쓰더라고요. 둘이 그런 식으로 연계하니 아무리 저라고 해도 당해 낼 수가 없던데요."

이거였구나.

마법사는 몸을 사용할 줄 모른다.

하지만 헤이가 5클래스에서 개발한 마법은 신체 능력을

극대화하는 것.

거기다 키에나의 신물도 상당히 강한 신물이니, 집요하게 달라붙어 괴롭히면 역시 포머라고 해도 무리였던 것이다.

"제 짐작입니다만…… 그 둘, 지금 상태로 본교로 가도 상위권엔 들 겁니다. 키에나는 제가 본 소환사 중에 가장 강했고, 헤이는…… 완전히 예측 불가예요."

"그럴 거다. 네가 접해 본 적이 없는 몸을 쓰는 마법사니까."

"그 말씀은 아르키스 님은 접해 보신 적이 있는 겁니까?"

"응, 사일러드가 그랬거든."

"……."

사일러드란 이름에 포머는 입을 다물었다.

헤이가 그와 똑같은 전투 방식을 구사한다는 것에 위압감을 느낀 것이다.

"이거…… 참, 어떻게 반응해야 할지……."

"그것보다, 1학기 중에 키에나가 어둠 원소를 터득하진 않았어?"

"아, 그건 아직입니다. 갈피도 못 잡고 있더라고요. 그런데 신기한 건 별도로 소환 과목 수업을 진행하지도 않았는데 신물만 더 강해졌다는 거죠. 특히 키에나가 소환한 라이칸은……."

포머는 잠시 뜸을 들였다.

"라이칸은?"

“제가 겪은 바로는 본교에 있는 10급 제단에서 나오는 라이칸과 완벽히 똑같았습니다.”

“……키는? 라이칸의 키는 어땠는데?”

라이칸의 강함을 파악하는 가장 쉬운 방법은 그 키를 확인하는 것이다.

“음…….”

포머는 손짓으로 라이칸의 키를 가늠했다.

“머리가 대련장 천장까지 닿았습니다. 빨간 눈을 가지고 있어서 정확합니다.”

그의 답을 듣고 나도 눈대중으로 대련장의 높이를 가늠해 봤다.

정말 낮게 잡아도 10미터가 넘는다.

정말 짧은 시간에 라이칸은 성장했으며 심지어…… 사일러드의 라이칸과 똑같은 키다.

그만큼 키에나의 소환사로서의 역량은 사일러드의 뒤를 잇거나 동급이란 소리다.

“미치겠군.”

“일단, 두 학생의 본교행은 확정입니다.”

“흐흐흐흐흐!”

"후후후후후후!"

키에나와 헤이는 시험에 멋지게 통과하고, 식당에 마주 보고 앉았다.

무려 8서클 마법사 교감 포머를 이겼다는 사실에 둘은 요란한 웃음을 내뱉었다.

"날도 날인데!"

한껏 신이 난 헤이가 먼저 말했다.

그의 시선은 식당 한구석에 가 있었다.

"저거 마실까?"

"저건 술이잖아? 마셔도 되려나……?"

헤이는 천진난만하게 물었지만, 키에나는 술을 보고 기겁했다.

"뭐 어때! 마시라고 가져다 놓은 거지! 그렇지 않으면 술이 학생 식당에 있겠어?"

답하는 헤이는 이미 술이 진열된 곳으로 다가가 있었다.

"음, 그렇겠지?"

헤이에게 너무나 간단히 설득된 키에나는 헤이의 뒤를 따랐고 술 한 병을 가지고 왔다.

"아르텔도 부르자! 아르텔도 분명 기뻐할 거야!"

키에나가 제안했다.

그 제안이 아르텔의 속도 모르는 실없는 제안이라는 걸, 둘만 몰랐다.

똑똑.

밴시의 기숙사에 노크 소리가 울렸다.

밴시가 5클래스 생활을 하면서 그 누구도 찾아온 적이 없었는데, 지금 그 이변이 일어난 참이었다.

"누구야?"

당연히 5클래스엔 친구를 사귈 마음도 없어, 다른 학생과 친하게 지내지도 않았다.

그렇다 보니 그녀는 사납게 물었다.

"나일론인데, 들어가도 되겠니?"

"……아."

그런데 찾아온 사람이 자신의 담당 교사이자 교수, 나일론이라니.

밴시는 황급히 문을 열었다.

"무슨 일이시죠?"

"잊었어? 오늘, 특별 전형 보는 날이잖아."

그의 말에 밴시는 고개를 끄덕였다.

"준비됐지? 시험 보러 갈래?"

나일론은 밴시에게 물으며 기숙사 안을 슬쩍 살폈다.

가장 눈에 들어오는 건 밴시는 이미 캐리어를 싸 놨다는 것이었다.

"무조건 합격할 자신이 있다는 뜻으로 보면 되나, 저 가방?"

나일론이 캐리어를 가리키며 물었다.

밴시의 눈에는 자신감이 넘쳤다.

"물론이죠."

"그래, 캐리어는 내가 끌어 주지. 특별 전형이나 보러 갈까?"

"그런데 제 특별 전형 과제를 알려 주지 않으셨는데요."

밴시는 최대한 정중한 척, 물었다.

나일론도 에드 가문의 마법사이기에 자신의 적이지만 지금의 역량으론 그를 이길 수 없기에 적어도 면전에선 이렇게 기는 척이라도 해야 했다.

"언제는 알려 줬나? 2클래스에서도 당일에 알려 준 걸로 기억하는데?"

사실이다.

실제로 2클래스에서도 그랬으니까.

밴시가 입을 꾹 닫자 나일론은 밴시의 캐리어를 끌고 앞장섰다.

"……."

그의 뒤를 따르는 밴시는 살기로 가득한 눈빛으로 나일론의 뒤통수만 죽일 듯이 노려봤다.

나일론은 한적한 복도에서 포털을 열었다.

그러곤 밴시에게 캐리어를 건네주며 말했다.

"이 안으로 들어가면 시험장이 나올 거야."

밴시는 그 포털을 수상하게 쳐다보며 반박했다.

"2클래스 땐 특별 전형을 강당에서 했는데 왜 갑자기 다른 공간에서 보는 거죠?"

"거긴 2클래스고. 지금은 상황이 다르잖아? 6클래스로 향하는 거니까 그만큼 특별한 시험이라고 해 두지. 자, 어서 들어가렴."

"……."

여전히 의심스러웠지만, 당장 캐널 수도 없지 않은가.

밴시는 캐리어를 끌며 하는 수 없이 포털 안으로 들어갔다.

"……뭐, 너에겐 특별한 시험이 맞으니까."

밴시가 사라지자 나일론은 나직하게 중얼거렸다.

그의 목소리는 착잡하게 들렸다.

"여긴……."

시험장에 들어선 밴시.

그런데 시험장이 그녀에겐 상당히 익숙한 곳이다.

바로 도서관과 연결된 이 학교의 비밀의 방이었다.

다만, 밴시가 늘 봤던 것처럼 지저분한 그런 모습이 아니었다.

바닥에 떨어져 있던 책들은 물론 잔뜩 쌓였던 먼지까지.

전부 대청소라도 한 것처럼 말끔한 모습이다.

이전의 모습은 흔적도 없이 사라졌다.

책장의 책들도 일정한 간격으로 보기 좋게 정리되어 있었다.

특히 눈에 띈 것은 비밀의 방에 있던 책상.

깨끗하게 정돈된 것은 물론 작은 찻주전자와 찻잔 하나, 그리고 소량의 쿠키가 올려져 있었다.

주전자 속에 차가 들었는지 그 향기가 방향제처럼 좁은 비밀의 방에 은은히 퍼졌다.

'뭔가…… 익숙한 향기의 차네.'

그런 감상을 하고 있을 때였다.

"드디어 왔구나, 밴시 학생."

그 순간 그녀의 등 뒤에서 들린 목소리.

흠칫 놀라며 뒤를 돌아보자 휠체어에 탄 에드 에타르가 그녀를 보고 있었다.

"……!"

서로의 얼굴을 확인한 순간 둘 다 긴장된 표정을 지었다.

⚜

대련장에서 포머와 함께 나온 순간, 내 모브가 울렸다.

키에나에게서 온 연락이다.

"응, 키에나."

─아르텔! 어디야! 빨리 식당으로 와!

키에나의 목소리는 한껏 들떠 있었다.

그녀의 목소리 뒤로 '어디래?'라는 헤이의 목소리도 들렸다.

"식당? 갑자기 왜?"

─흐흐흐! 우리 축하 파티 벌이는 중이야! 아르텔도 같이 있으면 좋겠는데. 어차피 내일부턴 방학이잖아.

"축하 파티?"

─응! 술 마시려고!

"술?"

이 둘이 원래 술에 흥미가 있었나?

술을 마시기엔 조금 어린 나이인 감이 없잖아 있지만…….

뭐, 무슨 상관일까.

애초에 마법사에게는 서클이 중요하니까.

마법 사회에서 성인의 기준이 바로 6서클.

가문을 세우는 것 빼고는 제약이 전부 사라지는 서클이라고 할 수 있다.

─우리, 시험 합격했어! 본교로 갈 수 있다고!

키에나는 본론을 꺼냈다.

아쉽겠지만, 난 지금 함께할 생각이 없다.

"미안. 나는 아직 합격 못 해서 공부를 해야 할 것 같아. 나까지 합격하면 그때 같이하자."

미리 생각해 둔 것처럼, 둘러댈 적당한 핑계가 금세 떠올랐다.

─아…… 아르텔은 아직이었구나. 난 아르텔이면 당연히 우리보다 빨리 합격할 줄 알았는데…….

─응? 아르텔은 아직이래? 그럼 우리가 도와줄까?

헤이의 목소리도 뒤를 이었다.

내가 아직 합격하지 못했다는 게, 무척이나 충격적으로 다가온 모양이다.

"아무튼 키에나, 헤이, 축하해. 고생 많았어. 헤이한테는 안 도와줘도 된다고 해 줘. 나 혼자 할 수 있을 것 같으니까."

─으응…….

난 그렇게 마무리 짓고 연락을 끊었다. 그리고 옆에서 대화를 듣고 있던 포머에게 물었다.

"포머, 수업은 2학기에도 계속 진행할 거지?"

"네, 원칙대로라면 시험에 합격하고 나면 2학기 중 남은 시간은 자유지만…… 수업할 명목을 만드는 건 쉽습니다."

"뭐로 만들게?"

"본교 적응을 위한 수업이라고 둘러대죠. 학교가 학생에게 친절할 필요는 없으니까요."

"그래, 2학기 때도 그렇게 묶어 주면 고맙고."

"그건 걱정하지 마세요. 그런데 몸 상태를 보니…… 그 정도면 비전력을 사용할 수 있는 수준 아닌가요? 정말 몰라보게 상태가 달라지셨는데."

1학기 내내 신체 단련에 매진했지만, 비전력을 구현한 적은 없다.

왜냐, 또 쓰러져서 단련을 하지 못하게 되면 어쩌나 하는 걱정에서였다.

그래서 실제로 비전력을 안정적으로 구현할 수 있는지는 확신하지 못한다.

하지만 포머의 말대로 1학기 마지막 날인 지금, 왜소했던 아르텔은 없다.

허리나 등에 칼집이 있다면 검사라고 해도 믿을 정도로 단련된 아르텔만 있을 뿐이었다.

"말이 나온 김에 한번 시험해 보려고. 이 정도 몸이면 정신 잃지 않는 선까지 조절할 수 있겠지."

"응원하겠습니다."

"고맙다, 난 이만 가 보마."

"네, 혹시 모르니 리프 선생에게 말해 두겠습니다. 대기하고 있으라고요."

"알았다."

"안녕, 밴시 학생. 이 학교의 교장 에드 에타르라고 한다."

"……."

'에드…… 에타……르…….'

밴시는 긴장을 넘어 완전히 경직되었다.

인생 최대의 적.

에드 에타르를 눈앞에 마주한 순간이다.

가문의 복수를 위해, 오래전부터 치밀하게 준비하며 이 학교로 들어왔지만…….

어떻게 된 일일까?

그와 마주한 이 순간엔 몸이 움직여지지 않았고 입도 떨어지지 않았다.

밴시는 이런 기분을 이미 전에 느낀 적이 있었다.

2클래스에서 특별 전형을 치르던 그때.

스파클에게 겁을 먹었을 때와 똑같은 현상이다.

에타르의 온몸에서 뿜어져 나오는 위압적인 기운에 절로

얼어붙었다.

"일단, 그 자리에 앉겠나?"

에타르가 부드럽게 말했다.

그가 가리킨 곳은 비밀의 방에 있는 책상이었다.

하지만 여전히 밴시는 다리가 떨어지지 않았다.

"왜 그러지?"

"아닙……니다."

그녀는 떨려 오는 다리를 겨우 진정시키며 일단은 에타르가 시키는 대로 책상에 앉았다.

에타르는 모브 하나를 현상화해 책상에 올려놓았다.

"이게 밴시 학생의 특별 전형 과제야."

그리고 모브 속에 담긴 녹음을 재생했다.

─솔직히, 전 앞선 세 형제처럼, 두렵지 않다는 말은 못 하겠어요.

"……?"

그 목소리가 흘러나온 순간 밴시의 눈동자는 커지면서 금세 눈물이 맺혔다.

'언니……?'

250년 전 에밋 가문에서 들었던 마지막 목소리.

그때와 비교하면 많이 성숙해진 목소리라고 해도, 밴시는 분명히 알 수 있었다.

'하지만 어떻게……?'

에타르가 지금 왜 이 목소리를 들려주는 걸까?

설마…… 자신의 정체를 이미 들킨 건가?

그렇지 않고서야 에타르가 이것을 들려줄 이유가 없었기 때문이다.

밴시는 에타르를 쳐다봤다.

"날 보지 말고 지금은 그 목소리에 집중해. 아주 중요하니까."

에타르는 여전히 부드럽게 말했다.

ㅡ제 동생 델세르…….

자신의 본명과 동생이라는 말에 그만 밴시는 참았던 눈물을 터트렸다.

하지만 지금은 인생의 원수 에타르 앞.

앞니로 입술을 질끈 깨물고 손가락으로 허벅지를 꼬집듯 꽉 잡으며 눈물을 참으려 애썼지만, 그런 노력에도 불구하고 눈물 한 방울이 볼을 타고 흘렀다.

ㅡ꼭 전해 주세요. 그럼 감사합니다.

어느덧 모브 속 언니의 목소리는 마지막 인사말을 남겼다.

"밴시 학생."

그리고 에타르가 모브를 건네며 말했다.

"아니…… 에밋 델세르. 이미 학생의 정체는 아르키스 님께 들어서 알고 있었어."

그 순간, 밴시는 머릿속이 백지화된 것처럼 아무 생각이

들지 않았다.

자신의 정체가 들켜서가 아닌, 에타르의 입에서 '아르키스 님'이라는 말이 나왔기 때문이다.

어떻게 된 영문인지 몰랐다.

에타르는 그렇게 상황을 설명했다.

가장 먼저 시작한 이야기는 250년 전의 에밋 가문 몰락 당시의 일이었다.

밴시가 평생 오해했던 그 부분을 해명했다.

그것을 시작으로 자신의 스승인 아르키스 에이머를 찾고 있었던 것과 얼마 전 아르텔의 정체를 알고 나눈 대화까지 전부 하나도 빠짐없이, 아니 오히려 더욱 세세하게 밴시에게 전했다.

적어도 밴시에게는 숨길 것이 하나 없었기 때문이다.

숨겨서도 안 됐다.

"……."

이제야 진실을 알게 된 밴시는 아무 말도 나오지 않았다.

실로 허망했던 탓이다.

에타르의 말에 믿음이 가지 않는 것은 아니었다.

언니의 목소리가 담긴 모브만 보더라도 믿을 수 있는 증거는 충분했다.

에타르가 현재 휠체어를 탄 모습도 그랬다.

당시, 그를 직접 본 밴시는 그때의 모습과 너무도 다르다는 걸 가장 확실히 느꼈으니까.

그런데도 허망했던 것은…….

지난 250년 동안 자신이 살아간 이유가 사라져 버렸기 때문이다

목표를 위해 달렸는데, 이젠 그 목표가 흔적도 없어진 것이지 않은가.

"그래서 밴시 학생…… 학생의 특별 전형 과제는 과연 나를 용서하느냐야."

에타르가 어렵게 말했다. 그 말에 밴시는 의아한 눈으로 그를 바라보았다.

"용서……라니요?"

"넌 내가 에밋 가문을 직접 몰락시킨 것으로 오해했잖아. 하지만…… 어쩌다 보니 내가 직접 희생시킨 게 맞으니까. 라렌을 포함해서 말이야…….."

"……."

"책상에 놓인 그 차, 라렌이 우리에게 맡긴 차야. 네가 좋아한다던 차지."

밴시는 그의 말에 찻주전자를 바라봤다.

어쩐지 익숙한 향기였는데, 이유가 다 있었다.

"나를 용서한다면 그 차를 마시고, 저 문으로 가면 된다. 6클래스와 연결되었으며, 아르키스 님이 계신 곳이지."

에타르가 출입문 중 하나를 가리키며 말했다.

"용서……하지 않으면요?"

"그렇다면…….'

작은 한숨을 내쉬는 에타르.

그는 아주 잠깐 생각한 뒤 답했다.

"솔직히 뭐라고 말할지 모르겠구나. 난 무조건 용서를 구할 생각을 가지고 있었거든."

에타르는 정말 아무것도 숨기지 않았다.

자신의 심리, 생각 그 모든 것을 밴시에게 여과 없이 보여주는 중이다.

"하고 싶은 대로 하려무나. 네가 구현할 수 있는 모든 마법을 동원해 날 공격해도 좋고…… 이 학교를 파괴해도 좋아. 그렇게 해서 네 마음이 조금이나마 편안해진다면."

밴시는 그 순간 의외라는 생각이 들었다.

정말 진심으로 용서를 구하는 중이라고 느꼈기 때문이다.

하지만 아무리 그렇다 하더라도, 밴시가 선뜻 용서할 수 없는 이유는 단 하나.

적어도 250년 전 헤어졌던 언니 중 하나가 그날 죽은 줄만 알았는데, 최근까지 살아 있었다는 사실 때문이었다.

'조금만 더 빨랐으면…… 만났을 수도 있었잖아…….'

차라리 이 사실을 몰랐다면 밴시는 이 정도로 슬프지 않았을 거다.

"우리 언니…… 사진 갖고 있나요?"

"미안하구나, 아까 설명했듯이 에밋 가문의 생존자는 실재하지만, 존재해선 안 됐기에 그런 건 남아 있지 않아."

"……생각할 시간을 좀 주세요."

"……그래. 대답이 결정되면 이 모브를 통해 나를 부르면 된다."

에타르는 새로운 모브 하나를 책상에 올리고, 자리를 비켜 주었다.

그렇게 홀로 남은 밴시.

그녀는 일단 찻주전자에 담긴 차를 찻잔에 따랐다.

"……."

그리고 쿠키 하나를 집어 들고 꼼지락거렸다.

문득 보니, 에밋 가문에서 자주 먹었던 쿠키와 모양이 똑같았다.

"멍청한 언니……."

이미 이 세상에서 사라져 버린 언니가 원망스러워졌다.

'조금만 더 살지, 그랬다면 만날 수 있었는데…….'

밴시는 찻잔을 들며 중얼거렸다.

"언니, 난 이 차랑 쿠키를 유독 좋아했던 게 아니야……. 가문에서 언니랑 수다를 떨 때마다 먹어서 좋아했던 거야. 그래…… 그냥 그게 좋았던 거야. 같이 수다를 떠는 게……. 이게 아니라고……."

그녀는 차를 마시지 않은 상태로 찻잔을 내려놓고, 에타르가 놓고 간 모브를 이용해 그를 불렀다.

그에게 건네줄 답을 확실히 정했기 때문이다.

에타르는 밴시의 연락을 받고 기쁨 반, 긴장 반의 상태로 비밀의 방으로 돌아왔다.

그는 자신이 없는 사이 밴시가 찻잔에 차를 따른 것까지 눈으로 확인했다.

찻잔엔 여전히 모락모락 김이 피어오르고 있었다.

에타르는 일부러 대답을 재촉하지 않았다.

밴시가 먼저 말해 주길 기다리는 중이다.

자신이 원하는 결과이든 아니든, 용서를 구하는 입장이기에 대답을 재촉할 수 없다는 생각 때문이었다.

"이 차 말이에요."

드디어 밴시가 입을 열었다.

덩달아 에타르는 자신의 심장 소리가 들릴 정도로 긴장하고 말았다.

"이 차는 뜨겁게 마시는 것보다 식혀서 마시는 게 더 맛있는데, 언니가 그건 알려 주지 않았나 보네요."

"……응?"

뜬금없는 말에 에타르는 어리둥절해졌다.

그때 밴시가 자리에서 일어나 캐리어를 끌었다.

"6클래스로 향하는 문이 저거랬죠?"

에타르가 원하는 답은 여전히 나오지 않고 질문만 이어졌다.

에타르는 저도 모르게 고개를 끄덕였다.

그러자 밴시가 찻잔을 눈짓하며 말했다.

"그 차, 뜨거울 때랑 식혔을 때 둘 다 마셔 보시고 비교해 보세요."

그리고 에타르가 알려 준 문으로 향했다.

"저, 저기, 델세르 학생."

대답은 여전히 나오지 않았다.

조급함에 에타르가 그녀를 불렀을 때였다.

밴시는 정색하며 이름을 정정했다.

"에드 분교 학생 신분의 이름은 밴시니까 이름 똑바로 불러 주실래요, 교장 선생님?"

"그래, 밴시 학생. 그런데 나를 용서하는지는……."

그제야 어렵게 물었다.

"보류요."

"보……류?"

뜻밖의 대답.

이것도 예상엔 없던 답안이다.

"네, 보류."

"무슨 뜻인지 물어도 될까?"

"진실을 알고, 오해가 풀렸어도 여전히 원망스러운 건 맞아요. 언니가 죽었다는 사실은 변하지 않으니까."

"……."

밴시는 쏘아붙이려는 의도는 없었다.

하지만 에타르가 죄를 지은 건 부정할 수 없는 사실이기에 고개가 절로 숙여졌다.

"그런데…… 어쨌든, 언니를 포함한 다른 형제들이 직접 선택한 거잖아요. 250년 전 그런 일을 겪고 교장 선생님을 따르기로 한 거요. 희생을 자처한 것까지. 그걸 알고 있는데도 교장 선생님을 용서하지 않는 건 형제들의 선택을 존중하지 않는 것과 마찬가지예요. 그리고 결정적으로……."

밴시는 다음 말을 뱉기 전 잠시 뜸을 들였다.

그 찰나의 시간이 에타르에겐 가장 긴장되고 무거운 시간이었다.

그것이 곧 본론이라는 걸 알기 때문이다.

"아버지랑 소수의 형제는 살아 있다면서요? 조만간 만나게 해 주실 거 아닌가요?"

"물론……이지!"

우려와 달리 긍정적인 답이 나오자 에타르는 다급하게 답했다.

"그러니까 보류요. 아버지까지 만난 다음에 결정할게요.

하지만 일에 순서라는 게 있죠. 지금은 6클래스로 가는 게 먼저거든요."

아르텔이 6클래스에서 무슨 일을 당했는지 걱정스러웠지만, 다행히 그건 아니었다.

그런데도 6클래스로 가는 게 먼저라고 한 이유는 간단했다.

아르텔도 만나야 하기 때문이다.

"그럼 먼저 가 봅니다."

밴시는 그렇게 6클래스로 향하는 문을 열었을 때였다.

"밴시 학생."

"또 뭐 할 말이 남았나요?"

"언제든 바이스를 만날 수 있으니까 준비가 되면 내게 알려 줘. 자리 마련하지."

에타르와 밴시는 잠시 서로 시선을 지그시 마주쳤다.

이내 밴시는 고개를 끄덕이며 답했다.

"알았어요."

그렇게 밴시는 6클래스로 훌쩍 떠나 버렸다.

혼자 남은 에타르는 책상에 놓인 찻잔을 바라봤다.

그러다 휠체어를 끌어 그 앞으로 다가가가 찻잔을 들어 올려 향부터 맡았다.

고급 차는 아니지만, 향이 꽤 좋게 느껴졌다.

어쩌면 마음이 한결 편안해서 그렇게 느낀 것인지도 모른다.

밴시는 보류라고 했지만, 어쩐지 그게 용서한다는 말을 돌려서 말해 준 것 같았기 때문이다.

에타르는 차를 뜨거운 상태에서 한 모금 홀짝이고, 다시 내려놨다.

밴시가 알려 준 대로 식었을 때 마시면 과연 어떤 맛이 날지 궁금했던 탓이다.

하지만 밴시가 차를 손도 대지 않고 그냥 간 것이 자신에게 남긴 선물이라고 생각된 것도 있었다.

"……고맙네, 밴시 학생."

차 한 잔에 이런 감동을 받았던 게 언제인지.

이젠 기억도 나지 않는 에타르다.

'아르키스 님은 수련장에 계신다고 했지?'

내일이면 방학이 시작되지만, 6클래스엔 또 한 명의 교사가 여전히 남아 있었다.

바로 에드 스파클.

2클래스 교수로 있을 땐 방학이라는 게 늘 기다린 휴식의 시간이지만, 지금은 그런 건 의미가 없었다.

리비아와 카비르에게 공격당하며 가문도 파괴되고, 방학

이 시작된다고 한들 내려가서 쉴 곳도 없기 때문이다.

아니, 밑의 세계엔 적들만 우글거린다.

차라리 학교에서 시간을 보내는 게 그녀에게도 훨씬 마음 편했다.

그래서 그녀는 아르텔에게 정식으로 인사를 하기 위해 포머에게 온갖 떼를 쓰며 어디에 있는지 알아냈다.

밑의 세계 선술집에서 자신의 용암을 잠재운 일.

그 직후, 리비아와 카비르에게 공격당하며 스파클은 아르텔의 열렬한 신도가 되었다.

이유는 아주 간단했다.

그녀가 아르텔처럼 강한 마법사였다면 그 둘에게 맥없이 당하지도 않았을 테니까.

따라서 강해지는 비법을 넌지시 전수받을 수 있지 않을까 하는 기대에 발걸음을 옮기는 중이다.

포머에게 듣기로 몸 상태도 꽤 건강하다고 했으니 지금이 적기라고 생각했다.

그렇게 도착한 수련장.

스파클은 떨리는 가슴을 진정시키기 위해 작은 심호흡을 내쉬고 수련장 문을 슬쩍 열었을 때였다.

문틈으로 보이는 아르텔.

확실히 밑의 세계에서 마지막에 봤을 때에 비하면 사람이 몰라볼 정도로 달라져 있다.

'……저게 뭐야?'

하지만 그녀를 놀라게 한 것은 아르텔의 외형이 아니었다.

스파클이 살면서 단 한 번도 본 적 없는 강력한 마력을 그가 다루는 것을 보았기 때문이다.

수련장에 온 나는 긴장된 마음을 진정시키기 위해 심호흡을 깊게 들이마셨다.

그리고 내 볼을 찰싹 때리며 정신도 다잡았다.

비전력의 구현을 시험할 때다.

과연 지난 신체 단련의 성과가 얼마나 있는지, 직접 눈으로 확인하는 시간이 다가온 것이다.

"해 보자!"

심신을 완벽히 안정시킨 다음, 지체하지 않고 바로 플레우드 보주화를 시전했다.

그리고 아주 조금씩, 비전력으로 바꾼다.

드드득-!

쿠궁-!

역시나 비전력이 구현되자 수련장 내부가 조각 단위로 뜯어지며 내 보주화에 흡수되기 시작했다.

실로 놀라운 성과다.

이전엔 비전력을 구현하려고 하면 곧장 정신을 잃었는데, 지금은 극히 소량이지만, 확실히 사용할 수 있는 상태가 되었다.

　그렇게 천천히, 보주화 전체를 비전력으로 바꾸려는 시도를 계속했다.

　핏-!

　하지만 한계는 명확했다.

　정신은 멀쩡하지만, 내 몸이 문제다.

　피부가 찢어지며 옅은 핏줄기가 터졌다.

　난 그 즉시 비전력 구현을 중단했다.

　"고작 10% 정도……."

　전생을 기준했을 때, 현재 비전력을 사용할 수 있는 범위다.

　플레우드 보주화의 10%만 비전력으로 바꾸던 중에 몸에 무리가 온 것이다.

　"그래도…… 확실히 성과는 있어."

　전생에 비하면 한없이 초라한 수준이다.

　하지만 분명히 단련을 계속한다면 머지않아 내가 원하는 만큼의 비전력을 사용할 수 있다는 답은 분명히 존재했다.

　따라서 이번 실험은 대성공이라고 여겼다.

　보주화도 거두고, 훼손된 수련장 내부를 살피던 중이었다.

　수련장의 문이 조금 열려 있는 게 눈에 들어왔다.

'비전력 때문에 문도 훼손된 건가?'

그런데 문틈에서 나름 익숙한 모습이 보였다.

스파클이었다.

"……너, 스파클 아니냐?"

"아……! 아, 안녕하십니까!"

스파클은 당황한 듯 밑의 세계에서 봤을 때와 달리 허리를 직각으로 숙이며 인사부터 했다.

"뭐야? 그 문, 네가 연 거야?"

"아, 네. 아르키스 님이 여기에 계신다고 해서……."

"일단 들어와. 문 닫고."

키에나와 헤이도 있는 6클래스다.

이렇게 문을 열고 대화하면 소리가 밖으로 새어 나갈 것을 우려해 한 소리다.

스파클은 의외로 고분고분하게 내 말에 따라 수련장 안으로 들어와 문을 굳게 닫았다.

그사이 난 훼손된 수련장 내부를 내 마법으로 고쳐 나갔다.

한두 번도 아니고 계속 훼손될 건데, 그때마다 포머에게 수리하라고 하기엔 미안한 감정도 들어서다.

스파클은 어느덧 내 옆에 다가와, 내 마법으로 복구되는 수련장 내부를 보며 입을 떡 벌렸다.

"……우와, 전 이런 거 못 하는데."

환장한
그대명상의
정주행

전에 봤을 땐 꽤 강한 마법을 구현하더니.

이걸 못 한다는 게 조금 의외였다.

아무래도 스파클은 공격력만 극대화한 마법사 같았다.

마법사의 능력치를 세분화하여 여섯 가지로 나누어, 가진 능력만큼 육각형을 그린다고 가정하자.

나 같은 대마법사는 그 여섯 가지가 전부 예쁜 모습을 그리는 육각형이 된다.

하지만 스파클은 어느 한쪽만 삐죽 튀어나온 해괴한 형태의 도형을 그린 마법사였던 것이다.

고루고루 잘하는 게 아닌, 어느 한 분야만 잘하는 마법사라는 뜻이다.

잘못된 건 아니다.

사람마다 특기가 다르듯, 마법사에게도 그런 특기의 영역이 다를 뿐이니까.

실제로 스파클 같은 마법사는 많다.

난 수련장 내부를 전부 복구한 뒤에 스파클에게 물었다.

"갑자기 난 왜 찾아왔어?"

"아…… 인사라도 드리려고……."

"인사는 이미 전에 밑의 세계에서 하지 않았나? 그때 분명히 뭐라 그랬더라? 너 같은 꼬맹이가 올 곳이 아니라고 했던가?"

"아, 아니! 그건……! 실수였지 않습니까……!"

일부러 골려 주려고 한 말인데, 타격감이 꽤 찰지다.

스파클은 얼굴까지 빨개지며 어쩔 줄 몰라 했다.

"실수는 무슨. 원래 네 성격이잖아. 2클래스 교수로 있을 때, 밴시 특별 전형 중에도 감정 제어를 못 해서 폭주하더구만."

이번엔 스파클이 완전히 넋이 나간 표정이다.

"다 지난 과거……입니다! 그만 잊어 주시죠!"

포머에게 듣기론 교수직에 잘리고 나서 제법 차분해졌다곤 했지만…….

지금 보니 완전히 차분해진 것도 아니다.

그 말괄량이는 분명히 남아 있었다.

"그런데…… 상태는 괜찮으신 겁니까?"

스파클이 조심스럽게 물었다.

"뭐가?"

"지금 팔이랑 얼굴에 피가 흐르는데……."

"아, 그랬지."

신체 단련의 성과가 또 나오는 중이다.

분명 피부가 살짝 찢어져 피가 흐르는 중인데도 통증은 느껴지지 않는 것이다.

정확히는 통증이라는 게 없을 정도로 부상이 작은 것이었다.

"신경 안 써도 돼. 그런데 왜 왔냐고. 인사가 목적은 아닐

텐데. 나한테는 솔직히 말하는 게 좋을걸. 거짓말해도 어차피 탄로 나니까."

난 볼에 흐르는 피를 손등으로 대충 슥 닦으며 물었다.

"……예?"

"에타르에게 못 들었나? 난 기억을 들추는 마법도 사용할 수 있거든. 당연, 여기에 오기로 결심한 당시의 네 생각도 기억을 통해 전부 읽을 수 있고."

"그…… 그런 사기적인 마법이 존재한단 말입니까?"

스파클은 한껏 격양된 반응을 보였다.

에타르에게서 플레우드 마법 중 어떤 게 있는지 아무것도 듣지 못한 것이 확실시된 순간이다.

"솔직히 말할래, 아니면 내가 알아맞혀 볼까?"

"맞혀 주세요! 겪어 보고 싶어요! 그 기억을 더듬는 마법!"

"……?"

난 나름 협박한다고 한 건데, 스파클은 한껏 흥분하며 답했다.

이게…… 저렇게 흥분할 일이 아닌데……?

"정말 아무것도 모르네."

스파클이 저런 반응을 보이는 건 딱 한 가지.

링킹이 뭔지도 모른다는 뜻이다.

돌이켜 보면, 바이스의 선술집에서 봤을 때도 내 간단한 마법을 보고 보인 반응이 지금과 똑같았다.

스파클은 그저 새로운 마법에 관심이 많은 것뿐이었다.

그런데 심지어 그게 플레우드 마법이라고 하니, 학생으로 돌아간 것처럼 호기심이 넘치는 것이리라.

이럴 땐 말로 설명하는 것보다 직접 겪게 하는 게 최고이지 않겠는가?

플레우드 구체를 손바닥에 구현하고, 스파클의 이마에 딱 붙였다.

"지금 뭐 하시는……?"

당연히 이 행동의 이유를 알 리 없는 스파클은 불쾌한 감정을 표출했다.

저번에도 그러더니, 몸에 손대는 걸 극도로 싫어하는 모습은 여전하다.

"그냥 가만히 있어."

"……예?"

그리고 곧장 스파클의 최근 기억을 뒤졌다.

그녀의 기억 속엔 포머가 앞에 서 있었다.

"어디 계시냐고오오!"

포머에게 다짜고짜 버럭 소리를 지르는 모습부터 시작이다.

'계시다'라는 말을 쓰는 걸 보니 내가 어디에 있는지 알려 달라고 떼를 쓰는 것으로 보였다.

"갑자기 그걸 왜 물어? 너 또 가서 귀찮게 하려고 그러지?"

"아니거든! 다 생각이 있어서거든!"

"그러니까 무슨 생각?"

"내가 그걸 너한테 다 보고해야 하냐!"

"잊었나 본데…… 나 네 교감이다. 넌 교사고. 학교에 있으면 위계질서를 따라야지?"

"닥치고 빨리 알려 주기나 해. 열 받게 하지 마."

차분해졌다던 스파클 어디 갔나.

포머에겐 아주 폭군 그 자체다.

아니, 아무래도 에드 가문 마법사 특유의 그 성격을 못 고친 것으로 보였다.

'쪽팔려서 말 못 해……!'

그때 들린 스파클의 생각이다.

그런데 쪽팔려?

뭐가?

일단 스파클의 기억을 계속 지켜봤다.

결국 스파클의 고집을 꺾지 못한 포머는 내가 있는 위치를 알려 줬고, 신이 난 스파클은 이곳 수련장으로 향했다.

수련장 도착 몇 걸음 직전.

스파클의 생각이 다시 읽혔다.

'옆에서 보고 있으면 강해지는 법을 알 수 있지 않을까?

플레우드는 우리랑 생각하는 방식이 아예 다르니까! 게다가 대마법사잖아?'

아무래도 이게 스파클이 쪽팔려서 말 못 한다고 했던 그 이유로 보였다.

난 그 부분에서 링킹을 중단하고 물었다.

"너 있잖아."

"네."

"설마 인사 핑계를 대고 날 찾아온 게 강해지는 법…… 뭐 그딴 걸 알려 달라고 부탁하려고 온 거였니?"

"…….."

순식간에 스파클의 얼굴이 빨갛게 달아올랐다.

그녀가 가진 빨간 머리카락의 붉기와 똑같을 정도였다.

이게 뭐가 그렇게도 부끄러운 건지 솔직히 모르겠다.

하지만 이내 그녀의 목소리가 다시 격양되었다.

"정말로! 기억을 뒤지고 생각을 읽는 마법이 존재했던 겁니카?"

얼마나 흥분한 건지, 발음도 제대로 못 하는 중이다.

'그게 중점이 아닌데…….'

스파클을 겨우 진정시킨 뒤에야 이야기는 시작되었다.

그리고 난 한 가지 사실을 알았다.

한 달 전쯤—정확한 날짜를 계산해 보니 알프릭, 트레샤와 만나 저녁을 즐기던 그때였다—에드 가문이 리비아, 카비르에게 공격당했다.

그때 에타르는 내게 큰일이 아니라고 했지만, 난 그게 거짓말이라는 것을 알고 있었다.

그런데 이렇게 충격적인 소식일 줄은 솔직히 몰랐다.

"그래서, 그 일을 계기로 더 강해져야 한다는 생각을 가지고 있었다는 거지?"

"네."

간결하게 답한 스파클이지만, 그 의지는 분명히 보였다.

"미안하지만, 그건 안 될 것 같다."

하지만 지금 내 상황도 한가롭게 스파클의 과외나 해 줄 때가 아니었다.

"아니…… 왜요?"

당연히, 스파클은 실망스럽게 되물었다.

"나도 내 사정이라는 게 있어서. 네 과외를 해 줄, 한가한 시간이 없다."

비전력을 구현할 수 있는 몸은 되었지만, 전생의 나와 비교하면 고작 10% 정도다.

갈 길은 멀고, 완주하기 위해 길을 아무리 뛰어도 거리가 줄어들지 않는 이 상황.

게다가 시간까지 없는 상태다.

다른 곳에 시간을 할애할 수 있는 상황 자체가 되질 않았다.

하지만 스파클에게 그런 자세한 상황 설명은 생략했다.

적어도 난 불필요한 설명이라고 생각했기 때문이다.

"그걸…… 어떻게 '한가한' 시간이라고 표현하실 수 있습니까?"

하지만 스파클은 오해했고, 당장이라도 멱살을 잡을 것 같은 표정을 지으며 물었다.

사실, 오해만 있는 건 아니다. 어디까지나 사실이니까.

난 본교로 넘어가기 전 최대한 비전력 수준을 더 끌어올려야 했고, 스파클의 과외는 그것에 비하면 한가한 게 맞다.

"네가 애야? 네 서클이 몇인데?"

스파클은 대답 대신 손가락으로만 답했다.

7서클이다.

"7서클 정도 되면 강해질 방법은 스스로 찾아야 하는 거 아닌가? 네가 무슨 0클래스 학생도 아니고, 그런 가문의 사소한 일까지 나한테 와서 해결해 달라고 징징거리지 마. 나도 사연 많은 사람이니까."

적어도 이런 건 확실하게 선을 긋고 싶었다.

나에게 있어서 메인은 현재는 타일런트.

라믹과 미르네 가문은 에피타이저도 되지 않는다, 그저 메인을 장식하는 사이드에 지나지 않을 뿐이지.

그리고 어차피 현 대마법사 가문인 드라코 가문이 무너지면 알아서 두 가문은 무너진다.

적어도 이번 사건은 에드 가문의 개인사 정도로 치부할 수 있기에 내가 관여할 필요는 없다.

'에타르가 내게 알리지 않았던 것도 이런 이유겠지.'

이건 나중에 에타르에게 한번 물어볼 필요가 있어 보였다.

"어쨌든, 이만 돌아가. 해결 방안은 직접 찾으라고. 명색이 7서클 마법사라면."

"……."

내가 따끔하게 말했지만, 여전히 스파클은 받아들일 수 없다는 표정을 지으며 나를 노려봤다.

하지만 그것도 잠시, 결국 그녀는 등을 돌렸다.

여기에서 더 고집 부려 봤자 얻을 게 하나 없다는 걸 잘 아니 그런 것이리라.

그렇게 스파클은 돌아갔고, 난 다시 신체 단련을 시작했다.

✻

저녁 시간이 되어 식당을 향했을 때였다.

식당 안에서 재잘거리는 목소리들이 복도까지 흘러나왔다.

"언제 온 거야?"

"이렇게 6클래스에서 보니까 되게 반갑다!"

키에나와 헤이의 목소리였다.

그런데 누구 한 명이 더 있는 듯했다.

둘만 나누는 대화라기엔 누가 봐도 이상하지 않은가?

난 식당을 훔쳐보듯, 고개만 빼꼼 내밀어 안을 확인했다.

그러자 익숙한, 아니 익숙했던 얼굴이 키에나, 헤이와 함께 있었다.

"밴시?"

놀라서 나도 모르게 소리쳤다.

오늘이 본래 밴시의 특별 전형 시험일이라는 건 알고 있었지만, 갑자기 6클래스 식당에 모습을 드러내는데 안 놀라고 배길 수가 있을까?

"안녕?"

밴시는 덤덤하게 인사했다.

그런데 표정이 좋지 않다.

나를 쳐다보는 눈빛이 전과는 조금 달라져 있었다.

뭔가 원망이 섞인 것 같기도 하고, 화가 난 것 같기도 한 그런 아리송한 눈빛이다.

"어! 아르텔? 밥 먹으러 왔어?"

식당에서 나를 가장 반기는 건 키에나였다.

하지만 그런 키에나를 무시하고 밴시에게 따로 나오라는

손짓을 보였다.

밴시는 군말 않고 키에나와 헤이에게 '그럼 나중에 또 보자.'라는 말을 남기며 식당으로 나왔다.

그렇게 나와 밴시가 향한 곳은 내 기숙사였다.

둘만 따로 조용히 얘기할 수 있는 최적의 장소라고 여겼다.

기숙사에 함께 들어오자마자 내가 먼저 물었다.

"어떻게 된 일이냐?"

"아르키스 님이야말로 어떻게 된 일입니까?"

그런데 대답이 조금 불순하다.

이로써 한 가지는 확신할 수 있었는데, 밴시는 조금 화가 난 상태라는 점이었다.

"목소리가 왜 그래? 꼭 화난 것 같은데."

"잘 보셨네요."

여전히 나를 노려보며 그녀는 말했다.

그 시선의 뜻을 헤아리자면…… 꼭 나 때문이라는 것 같았다.

"나 때문일 리는 없……."

"맞는데요."

"……내가 뭘 했다고."

"궁금하면 직접 보시든가요. 제가 일일이 설명하기도 입 아픈데."

링킹을 사용하라는 뜻이다.

내가 의아한 표정을 짓자, 밴시는 한마디를 더 붙였다.

"저항 안 할게요. 좌표도 찍어 드려요? 지금으로부터 약 4시간 전쯤일 것 같은데?"

과한 친절은 되레 격한 분노라는 말이 있지 않던가.

지금 밴시가 딱 그렇다.

그런데 아무리 생각해도 내가 밴시에게 격한 분노를 제공할 일이 없었다.

"그래, 뭔지 한번 보자."

난 밴시에게 링킹을 연결하고 그녀가 알려 준 좌표대로 기억을 추적해 나갔다.

그러자 그녀의 기억 속에선 에타르가 등장했다.

장소도 도서관과 연결된 비밀의 방.

난 기억 전부를 꼼꼼하게 살핀 뒤 링킹을 해제했다.

그런데 난감한 것은 왜 나 때문에 화가 났다는 건지 모르겠다는 것이었다.

"표정을 보니까 모르겠다는 느낌인데요."

"……어."

"250년 전, 에드 에타르가 그런 게 아니라는 걸 다 알고 계셨으면서 왜 저한테 아무 말씀도 안 하셨습니까? 쪽지 하나 남기는 게 그렇게 힘드셨습니까?"

결국, 화가 난 이유가 이것 때문이었다.

"그야 그건 에타르가 직접 풀어야 할 오해라고 생각해서 내가 나서지 않은 거지. 그리고 그게 쪽지로 남겨서 전해질 일이냐? 너도 직접 듣는 게 나았을 거 아냐?"

"아, 예. 언제부터 저를 그렇게 배려해 주셨다고. 그것도 모르고 갑자기 쪽지도 끊겨서 무슨 일이라도 당한 건 아닌지 걱정하며 칼을 갈았던 제가 한심하네요."

"무슨 일이 생긴 건 맞는데. 방학 대부분을 의식이 없는 상태로 지냈거든."

"……네? 왜요?"

그제야 밴시의 표정은 원래대로 돌아왔다.

도대체 대마법사나 되시는 분이 무슨 일을 겪으면 의식이 없어지냐는 표정이다.

"얘기하면 길다. 아무튼 링킹으로 보니까 에타르를 완전히 용서한 것 같진 않던데?"

"네, 맞아요. 250년에 걸친 복수극이었는데 어떻게 그걸 몇 분 만에 간단히 결정합니까?"

그건 그렇다.

밴시가 살아온 이유가 오직 그것 때문이었으니까.

"용서를 보류하고 6클래스로 온 이유가 뭐야, 그럼?"

내가 그 질문을 한 순간, 밴시는 나를 업신여기는 듯한 표정을 지으며 환멸감을 숨기지 않고 그대로 드러냈다.

평소 내게 늘 예의를 차리던 그녀였기에 그런 행동이 더욱 살벌하게 와닿았다.

"설마 잊으신 겁니까?"

"······."

이어서 쏘아붙이듯 물으니, 무엇을 잊은 건지 솔직히 기억이 금방 나지 않았다.

"와······ 아르키스 님, 이제 보니까 조금 실망스러운데요. 그럼 그때 한 약속은 그냥 빈말 혹은 시간 끌기 정도?"

"아, 그거."

약속이라고 말하니 그제야 겨우 떠올랐다.

상황이 또 이렇게 꼬이나.

하필 비전력 구현을 위한 신체 단련을 해야 할 때, 약속을 지키는 것까지 맞물리다니.

하지만 거절할 순 없다.

이건 스파클의 부탁과는 명백히 다른 경우다.

"당연히 기억하지. 내가 또 이렇게 제자를 들이게 되는구나."

"······그래서 싫으신 겁니까?"

"아니야."

"그럼 당장 내일부터 시작할까요?"

"내일이면 방학인데 너, 밑의 세계로 안 가?"

"네. 제가 왜 가요, 이제 학교도 안전한 곳인 걸 알았는데?"

"그건 그렇네."

이번 방학은 단언컨대, 내가 겪은 방학 중 가장 소란스러운 방학이 될 것이다.

학교에 남아 있는 사람이 역대 방학 중 가장 많으니까.

"남은 기간 동안 속성으로 진행한다. 올해 말, 분교를 떠나 본교로 갈 거니까. 너도 그건 알고 있지? 그럴 생각으로 6 클래스에 온 거고?"

"네."

"그러니까 힘들 거야. 허락된 시간이 많지 않거든."

"괜찮습니다. 바라던 바입니다."

밴시는 자신만만하게 답했다.

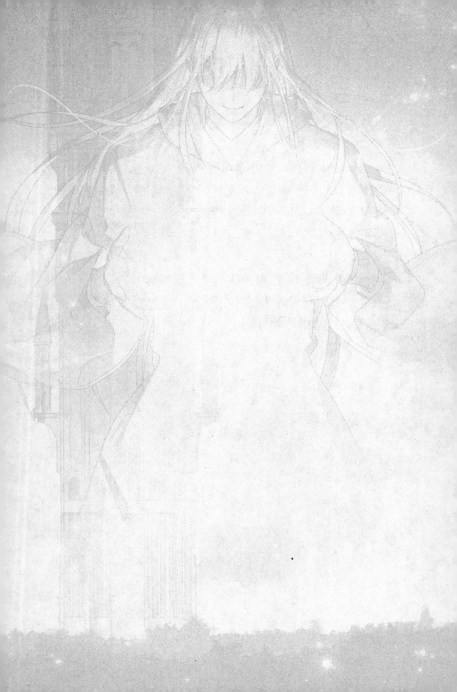

상봉

　다음 날부터, 늘 나 혼자였던 수련장을 이제 두 명이 쓰게 되었다.

　포머에게도 언질은 준 상태였다.

　바로 방학 중에도 헤이와 키에나를 묶어 놓기 위해 본교 적응을 핑계로 수업을 진행하라는 것이었다.

　아무래도 이제 막 6클래스로 올라온 밴시와 붙어 있는 걸 헤이와 키에나는 이상하게 생각할 수도 있고, 결정적으로 스파클도 신경 써야 했다.

　스파클도 개인 과외라도 받을 심산으로 내게 왔지만, 내가 그걸 매몰차게 거절하지 않았던가?

　그런 상황에서 밴시만 교육시키면 밴시가 같은 플레우드

라는 이유로 과외를 해 준다고 스파클이 오해할 수도 있다.

그래서 나는 방학 중에 수업을 진행하며 신체 단련을 하는 엄청난 짓을 해야 했다.

수련장에서 난 신체 단련 시작 전, 밴시에게 상위 플레우드 마법을 알려 주었다.

시작은 7서클 마법부터다.

당연히 옛 내 제자들에게 한 것처럼 링킹을 연결하고, 이 마법을 어떻게 구현하는지 그 원리를 알려 주었다.

그렇게 과제를 던져 주고 난 구석에서 신체 단련을 시작했다.

밴시는 마법을 연습하면서 내내 곁눈질로 나를 훔쳐봤다.

"저기…… 아르키스 님, 저 정말 궁금해서 그런데 마법사가 왜 신체를 단련합니까?"

오늘로써 공식적인 내 일곱 번째 제자가 된 그녀는 그토록 바라 마지않던 첫 수업을 진행 중인데도 훈련하는 내 모습에 완전히 정신을 빼앗겨 있었다.

당연히 내가 던져 준 과제는 제대로 소화하지도 못했다.

그 정도로 내 단련의 이유가 궁금했다는 뜻일 거다.

"너도 모르는 건가?"

"뭔데요?"

"비전력이라고는 들어 봤지?"

밴시는 고개를 끄덕이다가 충격을 받은 표정을 지었다.

설마 내가 단련한 이유가 비전력과 연관이 있었을 줄은 꿈에도 모른 눈치였다.

"그거랑 신체 단련이랑 무슨 상관인데요……?"

"몸이 검사들처럼 튼튼해야 사용할 수 있는 자원이니까. 순도 100%로 정신력만 사용하는 마나랑은 달라."

"그래서 몸이 그렇게 변한 거군요……."

그제야 밴시도 내 변화의 이유를 알았다.

"그래."

"분위기도 되게 달라지셨어요."

"어떻게?"

"그냥…… 조금 더 멋있어졌다고 해야 하나?"

"칭찬이냐?"

"그렇다고 볼 수 있죠?"

점점 수업의 분위기가 쓸데없는 잡담 시간으로 변해 가는 중이다.

나는 더는 이상한 곳으로 빠지기 전에 선을 확실히 그었다.

"내가 준 과제나 열심히 해라. 일주일 내로 그 마법을 못 익히면 제자 자격 박탈이야."

"저한테 알려 준 마법, 7서클 수준 아닙니까?"

"어."

"그걸 어떻게 일주일 안에 해요?"

하지만 밴시는 불만으로 가득했다.

이것도 오해를 한 모양이다.

내가 자신을 떼어 내려고 하는 것 같다는 느낌을 받았겠지.

하지만 난 그렇게 인정머리 없는 사람이 아니다.

"말했지, 시간 없어서 속성으로 한다고? 일주일도 넉넉하게 준 거야."

내가 따끔하게 말하자 그제야 밴시는 오해를 풀고 알아들었다.

"알겠습니다."

이제 다시 그녀도 과제에 집중하기 시작했다.

그러나 그 집중은 얼마 가지 않았다.

1시간이 채 지나기도 전, 다시 내게 질문 하나가 날아들었다.

"아르키스 님, 혹시 그 비전력이라는 거요. 플레우드처럼 선천적인 건가요?"

"⋯⋯글쎄?"

이 질문의 답은 나도 모른다.

내가 어느 순간부터 비전력을 사용할 수 있게 되긴 했지만, 그게 선천적으로 타고난 재능 덕인지 후천적으로도 생겨나는 것인지 아예 모르기 때문이다.

공식적으로 '존재하지 않는 자원'이라고 할 정도로 희귀한 것이니 정보가 아예 없다.

더블 캐스터까지 물약으로 일시적이나마 될 수 있는 시대인데도 비전력에 대한 정보는 여전히 백지를 벗어나지 못했다는 뜻이다.

"그럼 그 비전력이라는 거, 플레우드만 사용할 수 있는 자원인가요?"

"그건 아닐 거야. 예전에 내 스승님한테 얼핏 들은 적이 있거든. 고대 마법사 중에 단일 원소사인데도 비전력 사용자가 있었다고."

"그런데 단일 원소사가 비전력을 사용해도 플레우드 앞에선 무용지물 아닌가요? 플레우드는 모든 원소를 다루고, 무효화할 수 있으니까요."

"아니야. 비전력은 원소 성질을 아예 바꿔 버리는 자원이라고 했잖아. 비전력을 사용할 수 있는 단일 원소사라면, 플레우드는 통하지 않아."

그게 비전력이 강력한 이유다.

공식적으로 플레우드 보주화가 떠 있으면 어떠한 원소 마법도 사용할 수 없지만 비전력은 그런 공식을 철저하게 부수는 자원이니까.

물론 상대 플레우드가 나처럼 비전력까지 사용할 수 있다면 그땐 얘기가 다르다.

"혹시, 저도 비전력을 사용할 수 있을까요? 아르키스 님도 이게 선천적인 건지 후천적인 건지 모르신다면서요?"

아무래도 이게 밴시의 질문의 본질로 보였다.

"왜 갑자기 비전력에 관심을 보이냐?"

"마법사가 강한 마법에 관심을 보이는 게 이상한 건가요?"

"……그건 아니지."

"어차피 시도해도 나쁠 건 없잖아요? 만약 제가 그 노력 끝에 비전력을 사용할 수 있게 된다면, 베일에 싸인 비전력을 조금이나마 알 수 있게 되는 거니 아르키스 님께도 좋을 것 같은데."

그 말은 맞다.

난 비전력 사용자임에도 비전력의 본질도 아예 모르고 있으니까.

어느 순간 하늘에서 뚝 떨어진 벼락처럼, 비전력은 하루아침에 내게 찾아온 행운의 재능이다.

대신, 한 가지는 확실히 정했다.

"연습은 네가 선택한 거니까, 그걸 핑계로 일주일 안에 내 과제를 못 했다고 핑계만 대지 않는다면 나도 말리진 않겠다."

"제가 앱니까? 걱정 마십시오! 이거부터 시작하면 되나요?"

밴시는 내가 내준 과제를 잠시 옆으로 치우고, 1kg짜리 아령을 들었다.

"내 과제할 때 아닌가?"

"그건 제가 알아서 합니다."

그래, 더 말해 뭐 하겠나.

밴시의 말대로 애도 아닌데.

그렇게 밴시도 나를 따라 신체 단련을 시작했다.

"으으으으……."

그날 저녁, 수련장에서 수련을 끝낸 나는 밴시와 함께 복도를 걷는 중이었다.

밴시는 내가 처음 신체 단련을 하고 나서 겪은 근육통을 겪고 있었다.

그래서 시름시름 앓는 소리를 내며 걸을 때도 벽을 짚고, 발걸음을 힘겹게 뗐는데, 그 모습이 참 귀엽게도 다가왔다.

'내가 처음 근육통을 겪었을 때도 저런 모습이었나? 되게…… 우스꽝스러웠겠다.'

동시에 자아 성찰도 하게 되는 순간이었다.

실제로 지금 밴시가 걷는 모습이 그랬다.

"괜찮냐?"

밴시에게 물으며 등을 톡 건드렸을 때였다.

"아악! 이 씨……!"

고양이가 화가 잔뜩 나면 털을 치켜세우지 않던가?

밴시는 꼭 그런 고양이처럼 머리카락을 뾰족하게 세운 것만 같았다.

그녀는 입에선 욕이 나오려는 것을 애써 틀어막았다.

"씨? 그 뒤에 더 이어지는 말 있었지? 예를 들면 발 같은 거?"

"……죄송합니다. 너무 아파서, 저도 모르게 그만……."

적어도 난 저 고통을 겪은 사람이지 않던가?

충분히 이해할 수 있었다.

정말 이성이 내 마음대로 되지 않을 만큼 아프니까.

난 가볍게 웃어넘겼다.

"양호실 가자."

"양호실 간다고 뭐가 달라집니까……?"

"응. 확 달라지는 뭔가가 있어."

리프가 만든 그 물약을 말하는 것이다.

참, 그러고 보니 리프는 델세르를 가리킬 때 작은언니라고 하지 않았던가?

게다가 밴시는 오늘 막 6클래스로 왔으니 아직 양호실 선생인 리프를 본 적도 없을 거고.

그런데 한 가지 궁금한 점이 있다.

내가 밴시와 1클래스에 처음 만났을 때, 밴시는 분명 동생, 언니, 아버지, 어머니까지 가족 전부가 죽은 걸로 알고 있었다.

그런데 아버지인 바이스는 지금도 멀쩡히 살아 있다.

비록 언니인 라렌은…… 아쉽지만 얼마 전에 세상을 떠났고…… 나 때문에.

어쨌든, 링킹으로 밴시의 기억을 뒤졌을 때 에타르는 에밋 가문이 소수 남아 있다는 건 알려 줬지만, 이 학교에 있다는 소리는 한 적 없다.

양호실 도착 전, 슬쩍 물어봤다.

"밴시, 리프란 사람 알아?"

"……제가 아는 리프는 제 동생밖에 없는데요. 동명이인의 유명한 마법사인가요?"

그 이름을 말할 때, 밴시가 서글픈 목소리였던 것은 분명했다.

"그렇구나."

"갑자기 그건 왜 물으시는데요?"

어느덧, 양호실 앞에 도착했다.

"넌 여기에 있다가 내가 들어오라고 하면 와."

"……네?"

"시키면 시키는 대로 해."

"……알겠습니다."

그리고 양호실 문을 활짝 열었다.

"오셨어요, 아르키스 님."

리프는 본연의 색인 하얀색을 여전히 유지한 채로 날 반갑게 맞이했다.

"그 물약, 충분히 많이 남아 있지?"

"물론이죠. 더 드릴까요?"

"응. 새로 써야 할 곳이 생겼어."

"……새로 써야 할 곳요? 설마 누구한테 주시려는 건 아니죠?"

아무래도 에밋 가문이 첫 시도 한 물약이자 효과도 증명된 획기적인 물약이다.

그런 물약이 초급 마법사의 도구인 스태프나 완드처럼 보급화되는 건 당연히 원치 않을 것이다.

에밋 가문은 실재하지만 존재하지 않는 이들이니까.

그 걱정에 유독 날카롭게 묻는 듯했다.

"누구한테 주는 건 맞는데……."

하지만 그렇다고 속일 필요도 없지 않은가?

난 솔직히 답했다.

"죄송하지만, 아무리 아르키스 님이라고 해도 그건 제가 용납 못 합니다."

리프는 내 말을 끝까지 듣지도 않고 단호하게 거절했다.

"사람 말은 끝까지 듣지?"

"……."

"들어와, 밴시."

밴시가 들어오고, 난 양호실 문을 닫았다.

애초에 이 양호실에 방문한 것은 밴시의 치료가 아닌 가족 상봉이 첫 번째 목적이었으니까.

하지만 밴시는 리프를 그저 멀뚱히 쳐다보고 있었고, 그건 리프도 마찬가지였다.

아무래도 250년 전에 헤어진 가족이니, 서로 달라진 모습에 정체를 모르는 것으로 보였다.

그때 나와 리프의 대화를 밖에서 듣고 있던 밴시가 어느 정도 눈치를 채고, 의아한 표정으로 나를 흘깃 쳐다봤다.

"밴시, 네 본래의 색으로 돌아오지 그래?"

"……설마 얘가 리프라고요?"

난 고개를 끄덕였다.

"……저 학생이 누군데 그러죠? 저를 얘라고 부르고."

반면에 리프는 여전히 갈피를 못 잡고 있었다.

그사이 밴시는 빨간색을 벗고, 리프와 똑같은 하얀 머리카락과 눈동자로 변했다.

"네가 정말 리프라고……?"

그리고 리프에게 물었다.

갑자기 눈앞에서 빨간색이 하얀색으로 변하자 리프도 그제야 어느 정도 눈치를 챘다.

"설마…… 델세르 언니……?"

밴시는 평소 성장을 멈추는 물약만 마셔 왔지, 외형을 바꾸진 않았다.

하얀색으로 완전히 도색되니 리프가 알아봤다.

앉아 있던 리프는 벌떡 일어나, 천천히 밴시의 앞으로 다가갔다.

"어떻게……. 아니, 살아 있었구나……?"

"너야말로. 어떻게 살아 있었던 거야?"

그렇게 밴시와 리프의 거리가 손을 뻗지 않아도 될 정도로 가까워졌을 때, 리프는 델세르를 와락 안았다.

성장을 억지로 멈춘 밴시는 리프보다 키가 작았다.

그래서 꼭 엄마의 품에 안긴 자식 같았다.

리프는 밴시를 안자마자 눈에 눈물이 고였고, 결국 참지 못해 눈물을 또르르 흘려보냈다.

'뭐, 나름 감동적이네.'

250년이나 떨어져 살며, 서로의 생사도 모르다가 이렇게 재회했을 때의 감동.

비교하긴 뭐하지만, 내가 에타르를 이곳 6클래스에서 만나고 그가 변하지 않았다는 걸 알았을 때와 비슷하려나?

아니다.

생각해 보니까 어떻게 사제 관계와 가족 관계를 비교할 수 있겠나?

둘은 내가 여태껏 겪어 보지 못한 감동을 받는 중인 게 분명하다.

나도 모르게 아빠 미소를 지으며 지켜보던 때였다.

바이스도 이 광경을 보고 있었다면, 나와 똑같은 미소를 지었겠지.

"아악! 아파, 이년아! 떨어져! 죽기 전에!"

"……."

하지만 감동은 내가 무안할 정도로 허무하게 깨져 버렸다.

"뭐? 이년아? 250년 만에 만난 동생한테 할 소리야, 지금?"

동시에 리프의 언성도 높아졌다.

"그게 뭐가 중요해! 넌 지금 내가 얼마나 아픈 상태인지도 모르지? 그런데 와락 안아? 이건 암살이나 마찬가지야!"

'……이게 현실 자매라는 뜻인가.'

두 사람은 감동이 완전히 사라진 듯, 사소한 문제로 말싸움을 시작했다.

이게 꼭 말로만 전해 듣던, 언니가 자신의 옷을 몰래 입고 나간 동생을 혼내는데 정작 동생은 그게 화낼 일이냐며 이 악물고 반항하는 상황인가 싶었다.

'250년의 감동이…… 2.5초 만에 깨지는구나…….'

"얼마나 아프다고 유난이야?"

"……유난? 말 다 했어?"

"다 했다, 어쩔래."

리프는 검지만 세우고 델세르의 어깨를 쿡쿡 찔렀다.

'……어이쿠야, 저건 선 넘었는데?'

적어도 난 저 근육통의 무시무시한 위력을 알지 않던가?

마법사는 처음 겪어 본, 고통계의 미지의 세상.

게다가 저렇게 검지로 찔러 버리면 검으로 찌르는 것과 같은 아픔을 느끼게 된다.

"아아아악!"

밴시는 여태껏 들어 본 적도 없는 괴성을 지르며 마법을 구현했다.

플레우드 6서클 공격형 마법, 스케인(Skein)이라 불리는 마법이다.

이름 그대로 투명한 실타래를 사방으로 펼쳐, 상대를 공격하는 형태다.

그리고 저 마법은 밴시가 현재 구현할 수 있는 최고 수준이었다.

밴시는 진심으로 스케인을 펼쳐 리프의 몸 전체를 감싸려고 했다.

나는 내 마법으로 밴시의 스케인 전부를 자르며 중재했다.

"워워. 너희들, 싸우려고 만난 것도 아닌데 왜 그러실까?"

내가 직접 나서자 그제야 밴시도 정신을 차리고 이성을 되찾았다.

"리프, 이해해라. 네가 안 겪어 봐서 그러는데, 이 근육통이라는 거 정말 미치도록 아프거든."

"……아, 그럼 그렇다고 말을 하면 되지. 옛날부터 저런다니까요. 화부터 내고 봐."

어느새 리프의 눈가에 흘렀던 눈물은 흔적도 없이 사라졌다.

"아무튼, 그 물약을 나눠 주려는 사람이 바로 여기 밴시, 아니 델세르."

잠시 화끈했던 분위기가 가라앉으면서 제법 차분해졌다.

"리프가 만든 물약이 그렇게 효과가 좋았습니까? 리프 쟤는 예전부터 물약 제조엔 영 재능이 없었는데."

"……애써 화해시켰더니, 시비 거는 거니?"

"아니요, 시비가 아니라 정말로요."

"네, 맞아요. 물약 제조는 언니가 저보다 나았어요."

"아…… 그래?"

"근데 그건 옛날 얘기죠, 250년이나 흘렀는데. 지금은 내가 언니보다 나을걸."

리프가 밴시를 보며 말했다.

"그럼 그렇게 잘나신 그 물약 좀 가지고 와 보든가."

밴시도 질 마음은 없어 보였다.

이렇게 보고 있자니 조금 뜬금없지만, 가족이란 참 대단하다고 생각된다.

솔직히 둘을 만나게 했을 때만 해도 눈물바다가 되어 약

30분간은 말도 꺼낼 수 없는 상황이 될 거라고 예상했는데…… 완전히 반대다.

감동은 짧게 끝나고 저렇게 바로 일상으로 돌아와 버렸으니 말이다.

아마도 250년이나 몸은 떨어져 있었지만, 마음만은 계속 함께 있었기 때문이 아닐까 싶다.

식상하고 오글거리는 말이지만, 저 둘의 모습을 보면 그런 기분조차 느껴지지 않았다.

어느덧 리프는 그 물약을 밴시에게 주었고, 밴시는 곧장 들이켰다.

"마시자마자 아팠던 게 사라지거나 그러진 않아. 조금 나아질 정도지."

물약을 마셔 본 경험이 있는 내가 일렀다.

"그러네요. 근데 효과가 미미한 것 같은데 정말 효과가 있다고 믿으시는 건가요?"

"응, 확실히 효과는 있어. 너도 곧 그게 무슨 말인지 알게 될 거야."

"뭐, 리프가 만든 거라 못 믿겠지만 아르키스 님의 말씀은 믿죠, 제가."

"또 싸울라. 그럼 둘이 그간 못 나눴던 대화라도 나누든가. 난 이만 쉬러 간다."

난 둘을 위해 자리를 비켜 주었다.

다시 큰 목소리와 마법이 오갈 수도 있겠지만, 적어도 둘만의 시간이 필요할 것이라고 생각했기 때문이다.

형제자매는 싸우면서 큰다는 말도 있고.

"이야~!"

아니나 다를까.

내가 나오자마자 양호실에서 밴시의 괴성이 터져 나왔다.

다음 날부터 밴시는 한결 가벼워진 표정으로 나와 수련장에서 만났다.

나와 함께 있을 땐, 같이 신체 단련을 하고 밤과 새벽에 혼자서 내가 내준 과제인 마법을 연습한다고 했다.

잠을 자는 시간까지 쪼개면서 매진하는 것이었다.

그 정도로 열정적이니, 흐뭇하게 바라볼 수밖에 없었다.

그렇게 일주일이 지났을 때였다.

내가 내준 과제를 확인하는 날이다.

밴시는 내 앞에서 마법을 구현했지만…….

결국, 성공하지 못했다.

"저기…… 아르키스 님, 제가 변명을 조금 하자면…….."

내가 통과하지 못하면 제자 자격 박탈이라고 하도 으름장을 놔서일까?

나약한 모습을 보이며 거의 애원하다시피 하는 밴시다.

"됐어."

"……네?"

"변명은 됐다고."

"……."

이젠 시무룩해지며 고개를 숙였다.

꼭 꽃이 시들어 완전히 푹 꺼진 것과 같았다.

시든 꽃과 익은 벼.

둘 다 고개를 숙인 것과 같은 모습이지만, 결정적으로 익은 벼는 건강, 여유, 겸손의 상징이라고 한다면 시든 꽃은 절망이라고 할 수 있지 않던가?

밴시는 현재 시든 꽃이다.

"네, 알겠습니다……."

밴시는 체념하고 등을 돌렸다.

그토록 원하던 제자 자격을 겨우 일주일 만에 박탈당했다는 상실감이 등에 고스란히 묻어났다.

"어디 가?"

"……네?"

내가 묻자, 당황하며 몸을 돌렸다.

"정말 내 제자를 이대로 포기하게?"

"……아르키스 님이 내준 과제 못 했잖아요. 그리고 제자 자격 박탈, 그게 약속이었고."

"그거야 널 조급하게 만들려고 한 거고. 에밋 가문의 태생적인 한계를 내가 그렇게 잘 아는데 이렇게 매몰차게 끝낼 거라고 생각한 거니?"

"……예?"

"네 가주 바이스도 6서클에서 못 벗어나는데 일주일 만에 7서클 마법을 네가 구현할 수 있었겠냐?"

"그럼…… 제가 못 할 걸 알고 일주일이라고 정하신 겁니까?"

"당연하지."

"아니, 왜요? 왜 사람 이렇게 불안하게 만드는 건데요! 쓸데없이!"

이제 상실감은 완전히 사라졌다.

되레 내게 따지는 모습을 보자니, 내가 알던 밴시로 완전히 회복된 듯했다.

"글쎄? 내가 엄한 건 내 스승님한테 따지든가. 내가 그렇게 자라 와서 그런지 그걸 고스란히 배웠네?"

"……."

"그 마법 다시 한번 구현해 봐."

"알겠습니다."

밴시는 여섯 개의 원소 구체를 구현하고, 하나의 구체로 모으기 시작했다.

하지만 밴시의 구체 속에 모인 여섯 개의 원소 구체.

전부 색이 뒤섞여 영롱한 구체가 되어 버렸다.

본래는 투명하게 변해야 한다.

내가 알려 준 7서클 마법은 '유나이트(Unite)'라는 플레우드 마법.

각기 다른 여섯 개 원소를 하나의 플레우드 원소로 통합하는 마법이다.

이 마법을 알려 준 이유는 아주 간단하다.

플레우드는 7서클부터 그 활용법이 조금 다르다.

지금 밴시의 경우 일곱 개 원소를 전부 다룰 수 있지만, 특정 원소로 구현하면 변환할 수 없다.

즉, 불 원소를 이미 구현했다면 그 원소를 플레우드로 바꿔 버리는 방법을 모르는 것이다.

따라서 플레우드지만, 불안정한 플레우드라고 할 수 있다.

이는 에밋 가문이 가진 고질병이기도 하다.

특히 에밋 가문은 이 한계를 넘지 못해, 7서클에 당도할 수 없었다.

그리고 이것이 7서클의 모든 것이다.

다른 원소의 경우엔 7서클은 그저 보다 더 강한 마법을 구현하는 것으로 끝이지만, 플레우드는 원소 전부를 다룰 수 있기에 모든 원소 활용법이 자유로워야만 한다.

예전부터 밴시가 해 왔던 방식인, 단일 원소 속에 플레우드를 섞는 것과는 개념이 완전히 다르다.

밴시가 하던 것은 마법 하나에 두 개의 방을 생성하고, 그 방에 불과 플레우드를 넣는 방식이었으니까.

지금은 불만 있는 방에 전부를 없애고 소멸시키지 않는 선에서 플레우드로 갈아 끼워 넣어야 한다.

마나를 비전력으로 조금씩 바꾸는 것과 같은 원리라 할 수 있었다.

다시 한번 애쓰던 밴시. 역시 실패로 끝났다.

난 내가 직접 시범을 보여 줬다.

나도 똑같이 여섯 개 원소 구체를 구현하고, 그것을 하나로 통합한다.

각기 다른 원소 구체는 한곳으로 모이더니 투명하게 변하며 하나의 플레우드 구체가 완성되었다.

"……대단하시네요."

"감탄하라고 보여 준 거 아니야. 이렇게 나와야 성공이라는 거지. 그런데 뭐, 에밋 가문의 태생적 한계는 나도 알고 있었으니 실패하는 게 어떻게 보면 당연한 건가?"

"그래도 포기하긴 싫어요."

밴시는 강한 의지를 보였다.

"어, 나도 포기하긴 싫어. 그래서 말인데, 과제를 다시 내 줄게. 이번엔 무기한이다."

"……네?"

무기한이라는 파격적인 조건 때문이었을까, 밴시의 두 눈은 휘둥그렇게 변했다.

"아니, 본교로 가기까지 시간이 없다고 하셨으면서, 무기한이라고요?"

"어."

"……이해가 안 되는데요. 왜 갑자기 무기한으로 내주시는 건지요?"

"간단해. 어차피 난 널 데리고 무조건 본교로 갈 생각이야. 네가 있으면 든든한 건 사실이니까. 하나보단 둘이라는 말이 있잖아?"

그 말에 밴시는 볼이 발그레해졌다.

하지만 내 말은 거기에서 끝이 아니다.

"내 최후의 적이 누구인지, 귀에 딱지가 앉도록 말했으니 알고 있지?"

"네, 사일러드잖아요."

"그래, 그래서 하는 소리야. 타일런트는 그저 중간 다리. 최후엔 사일러드와 담판을 지어야지."

밴시는 고개를 끄덕이며 내 말에 경청했다.

"그런데 네가 아직도 한계를 돌파하지 못하고 6서클 수준에 머물러 있는 상태라면? 미안하지만, 타일런트와 만나기도 전에 난 널 버릴 거야."

"제가 위험해서……?"

"아니, 내 얘기 끝까지 들어."

"……네."

"나한테 도움은 안 되고 짐만 되니까. 타일런트가 지금 어떤 수준인지도 모르는데 짐을 안고 갈 정도로 여유롭지 않거든. 그리고 난 그렇게 인자하지도 않아."

"…… ."

이건 정말 진심이다.

본교 생활까진 도움이 되지만, 그 이후의 밴시라면 절대 아니다.

오히려 내가 스스로 밝히기 위한 덫을 놓는 꼴이다.

매정한 마법사라고 욕해도 상관없다.

밴시와 나는 분교 생활 중 유대감이 생긴 건 사실이지만, 내가 거기까지 포용할 생각은 처음부터 없었다.

"명심해. 난 제자를 도구라고 생각하니까. 네가 들고 다니던 스태프, 지금은 어디에 있지?"

"……원래 마법사들은 3서클부턴 그런 도구는 사용 안 해도 되잖아요. 초급 단계에서나 잠깐 쓰지."

"잘 아네. 지금 네가 나한텐 그런 스태프라고."

비수와 같은 말이었는지, 밴시는 울컥하며 글썽였다.

"도구는 필요 없어지면 가차 없이 버리지. 도구의 사정 따위는 고려할 필요가 없지. 버리는 건 주인 마음이니까."

"……말씀이 너무 심하신 거 아닌가요?"

"그래서 무기한을 준 거다. 네가 가진 태생적 한계를 잘 알고 있으니까, 적어도 난 그 사정은 봐줬어. 단, 그건 본교에서 학생들이랑 노닥거릴 때까지만 유효해. 타일런트로 향할 때도 네가 이 수준이면 우린 자연스럽게 이별이다. 난 한번 버린 도구를 다시 줍는 일은 없어."

내가 꼭대기에서 모든 일을 성공적으로 끝내도, 이미 밴시라는 마법사와는 연이 끊겼기에 앞으로도 볼일은 없다는 뜻이다.

내 말을 잘 알아들은 밴시는 독기 품은 눈빛을 보였다.

"알겠어요. 대신, 자꾸 버린다 버린다 같은 소린 하지 마요. 아르키스 님이 보는 곳에서는 물론 안 보이는 곳에서도 전 정말 죽을 만큼 노력하고 있으니까요."

"그 약속은 쉽지."

"저도 약속하죠. 제 능력이 아르키스 님에게 여전히 짐이 된다면, 그땐 제가 알아서 떠날게요. 일부러 버리는 수고를 더시라는 의미로."

밴시의 이런 성격은 좋다.

단순히 능력이 문제일 뿐.

우린 그렇게 새로운 약속을 하는 의미로 악수를 나눴다.

"계속하자."

"네."

늘 그렇듯, 우리 둘은 신체 단련을 시작했다.

그렇게 하루하루 똑같은 일상을 보내며 어느덧 2학기가 다가왔고, 2학기도 방학과 다를 것 없이 시간이 흘렀다.

　이제 12월.

　본교에서의 마지막이 다가왔다.

분교의 마지막

－드릴 말씀이 있는데, 교장실로 와 주실 수 있습니까? 죄송합니다.
제가 내려가야 하는데, 학생들 눈도 있다 보니…….

에타르에게 온 메시지다.

－다리도 불편한 녀석이 무슨. 기다려. 금방 간다.
－감사합니다.

✽

"벌써 12월이네요. 이번 달에 본교로 가실 생각이죠?"

교장실에 도착하자 에타르는 내가 즐겨 마시던 차를 준비한 상태로 날 맞이했다.

"당연하지."

"몸도 엄청 다부져졌네요. 검사 같아요."

"네가 보기엔 그런가?"

"네, 힘도 세졌을 것 같은데."

"아마 그럴 거다."

실제로 난 이제 18kg짜리 아령으로 단련 중이니까.

20kg도 가능은 하지만, 오래 들 순 없었다.

"비전력은 문제없고요?"

하지만 그 질문엔 고개를 저었다.

"아니…… 무슨 문제가……?"

에타르는 꼭 내 건강에 문제가 생긴 것처럼 심각하게 물었다.

그 정도로 내 비전력만이 믿을 수 있는 유일한 무기라고 생각하는 모양이다.

"최대한 끌어올려 봤는데, 지금 이 몸으로 사용할 수 있는 수준은 전생이랑 비교하면 고작 25% 정도야."

"몸이 그렇게 변했는데도요……?"

전생의 내 몸도 지금처럼 우락부락한 근육질은 아니었다.

근육은 없는데 몸이 튼튼한, 그런 유였다.

"몸이 문제가 아닌가……."

난 단순히 몸이 문제라고 생각했고, 그것만 해결하면 될 거라고 여겼는데 아무래도 본질적으로 뭔가 다른 문제가 있는 것 같았다.

"그래도 25% 정도라면 타일런트를 상대하는 데에는 무리가 없지 않을까요?"

에타르는 희망을 가지며 물었다.

"아마 그럴 거야. 만에 하나 타일런트가 비전력을 사용할 수 있다고 해도 난 플레우드 비전력 사용자니까."

아무리 현시대에서 추앙받는 대마법사라고 해도 단일 원소사에 지나지 않는다.

플레우드인 데다가 비전력 사용자인 내 앞에선 한없이 초라해질 녀석이다.

"네, 분명히 타일런트는 비전력을 사용할 수 없습니다. 그건 확신합니다."

에타르는 의아할 정도의 확신에 찬 답이다.

"어떻게 그렇게 확신하지?"

"타일런트의 성격 아시잖아요? 비전력을 사용할 수 있는 놈이었으면, 진작에 그걸 과시했겠죠. 대마법사란 직위를 차지하자마자 권력을 휘두른 놈인데 가만히 있었을까요?"

듣고 보니 그렇다.

적어도 지난 300년 동안 타일런트의 감시를 받았던 에타르이니 그가 가장 타일런트를 잘 아는 사람이라고 생각됐다.

"그럼 큰 문제는 없을 거다. 사일러드가 문제겠지만."

"그 부분은…… 제가 뭐라 말씀을 못 드리겠네요. 전 한 번도 본 적이 없는 마법사이니. 아무튼, 얘기가 조금 다른 곳으로 샜네요. 오늘 이 말씀을 드리려고 부른 게 아닙니다."

"무슨 일 때문인데?"

"혹시 본교로 가시면, 곧장 꼭대기로 향할 생각은 아니시죠?"

유독 불안함이 많이 묻은 질문이다.

꼭 질문의 의도가 그러지 말았으면 좋겠다는 속내를 내포한 것처럼 느껴졌다.

"왜? 이유라도 있어?"

"아르키스 님이 꼭대기로 향할 때, 저희 조각사도 때에 맞춰서 활동을 개시할 생각이라서요."

"활동이라면……?"

"전면전이죠."

어차피 내가 본교에서 꼭대기로 향하는 날이 비정상이었던 300년을 원래대로 돌려놓는 날이다.

그러니 에타르는 조각사를 이끌고 밑의 세계를 포함한 라믹, 미르네 가문까지 칠 생각으로 보였다.

"여름방학 때 네가 당한 일의 복수. 그걸 그때 시행하겠다, 이거야?"

"……어떻게 아셨습니까?"

내가 그것을 묻자 에타르는 크게 당황했다.

"스파클한테 들었어. 그래서 날 찾아온 적도 있었고. 스파클이 지금 6서클에서 불 원소 담당 교사잖아."

그 말에 에타르는 정색했다.

"뭐라고 했죠? 설마 아르키스 님께 복수를 부탁했다거나……."

"아니, 그런 유치한 말을 하기 위한 건 아니었어. 그저 강해지는 법을 알고 싶다는 이유였으니까."

"아……."

다행히 자신이 우려하던 건 아니었는지, 에타르는 안도하는 모습이었다.

"네 가문이 리비아, 카비르한테 공격받은 일을 나한테 알리지 않은 건 나까지 신경 쓰게 만들고 싶지 않아서였지?"

에타르는 대답 대신 고개를 천천히 끄덕였다.

"그런 것 같더라. 그래서 나도 계속 모른 척하고 있었던 거야."

"감사……합니다, 제 마음을 알아주셔서."

"아무튼, 그 얘기는 됐고. 그래서, 네 준비가 다 될 때까지 기다려 달라는 거지?"

"네."

"그런데 본교로 가서도 너와 연락할 수 있나? 네 상황을 알아야 나도 맞추면서 꼭대기로 올라갈 거 아니야."

"제가 드린 모브 있지 않습니까? 그거 본교에서도 사용 가능합니다. 타일런트가 존재를 모르는 모브이기 때문이죠."

그렇다면 상황은 한결 낫다.

에타르는 한 가지 설명을 덧붙였다.

"노파심에 말씀드리는데, 본교도 총 6층으로 이루어져 있지 않습니까? 아르키스 님이 기존에 알고 있던 길은 전부 막혔습니다. 타일런트가 막아 놨죠."

"그렇겠지. 철두철미한 놈인데 그걸 가만히 놔뒀을 리가 있냐?"

이미 예상한 일이기 때문일까?

내가 알고 있는 길을 사용할 수 없다는 소식엔 큰 허망함이 느껴지지 않았다.

오히려 담담하게 고개를 끄덕이며 넘길 정도다.

그리고 그 뜻은 본교에 가서도 본교 교칙을 따르며 위층으로 올라가야 한다는 뜻이다.

꼭대기가 있는 건 본교의 7층.

나머지 1층부터 6층까진 학생들이 수업을 받고, 마법을 연습하는 곳이다.

물론 내가 있을 때까지만 그런 평화로운 분위기였을 거고, 지금은 어떻게 달라져 있을지 직접 보기 전까진 가늠할 수 없었다.

"차암도 새로 만들고, 통로도 전부 새로 개척했으니 본교로 가시면 다시 학생 신분으로 돌아가는 겁니다."

에타르가 강조했다.

"이렇게 들으니까 전에 내가 1클래스에 있었을 때, 친위대가 왔을 때가 생각나네."

"……그때 학교에 안 계셨잖아요?"

"그게 아니라. 분교의 모든 통로 권한은 너와 포머에게만 있어서 제아무리 친위대라고 해도 길을 열어 줘야만 지나갈 수 있다고 했잖아."

"네, 그랬죠."

"그거랑 똑같은 것 같다고. 한때 본교의 주인이었던 내가 지금은 남의 허가가 있어야 지나다닐 수 있으니까."

"……아, 그런 뜻이군요. 뭐, 제가 본교의 방식을 보고 착안한 건 사실이니까요. 엄연히 이 학교는 저만의 소유물인데, 소유자의 특권은 있어야 하잖아요?"

"그건 그렇지."

그렇게 우린 잠시 목을 축일 겸, 차를 한 모금 마셨다.

그리고 에타르가 이어서 말했다.

"참, 키에나 학생은 어떻게 됐습니까? 더블 캐스터였나요?"

"아, 키에나……. 아직도 어둠 원소는 못 다루던데?"

"허허, 이상하네요. 정황상으로는 더블 캐스터가 확실한데."

나도 미칠 노릇이다.

분명히 사일러드와 똑같은 신물을 부리고 있는데도 1년 가까이 지난 지금까지 어둠 원소는 아예 다루지도 못하고 있다.

그 탓에 키에나의 얼굴은 스트레스로 인해 날로 수척해지는 중이다.

"더블 캐스터가 아닌 걸까요?"

"아니야, 그럴 리는 없어. 신물만 봐도 정답이거든. 그런데 왜 그 진가가 안 나오는지 영 모르겠단 말이지."

"헤이 학생은요?"

"날이 갈수록 성장하는 중. 근데 확실한 건 재능이 아니야. 분명히 처음부터 할 줄 알았던 거라고."

그런 키에나와는 정반대로, 헤이는 지금도 계속 성장하는 중이다.

마나의 농도, 질, 개수.

1클래스 때와 비교하면 그런 적이 있었을까 싶을 정도다.

지금 구현할 수 있는 마법이 6서클이 한계인 것은 아직 알고 있는 마법이 6서클밖에 없기 때문이다.

본교로 넘어가서, 더 높은 서클의 마법을 접한다면 틀림없이 그대로 따라 할 녀석이다.

"참 아이러니하지. 0클래스부터 5클래스까진 난 키에나가 천재인 줄 알았는데, 지금 6클래스에서 보니까 오히려 키에나가 평범하고 헤이가 천재로 보여."

"확실히 그런 성장을 보인 마법사는 거의 없죠."

"거의는 무슨, 아예 없어. 나는 물론 내 스승님도 그렇겐
못 했을 거다."

"……그 정도군요."

에타르는 말문이 막힌 듯 간신히 한마디 내뱉었다.

나는 그런 그를 쳐다보다가 입을 열었다.

"어쨌든, 오늘 날 부른 게 그걸 말하고 싶어서야? 네가 준
비될 때까지 조금 기다려 달라는 거?"

"아, 네."

"몇 년이나 걸릴 것 같은데? 너무 오래 걸리면 나도 곤란
해."

"그건 걱정하지 마십시오. 늦지 않을 겁니다. 운이 좋다
면, 아르키스 님이 꼭대기에 도착하기도 전에 저희의 준비가
끝날 수도 있고요."

"그래, 기다리고 있지."

나는 진지한 표정으로 고개를 끄덕였다.

에타르는 그런 내게 눈길을 주며 다음 화제를 꺼냈다.

"그리고 오늘, 본교로 명단을 넘길 겁니다. 아르키스 님은
당연히 아르텔이란 이름이고, 그 외에 밴시, 키에나, 헤이까
지 총 네 명이에요."

"본교로 넘어갈 땐 본교에서 누가 나오나?"

"네, 본교 입학 담당 마법사가 6클래스로 올 겁니다."

"당연히 드라코 가문의 마법사겠지?"

"물론이죠. 그리고 아르키스 님, 한 가지 염두에 두셔야 할 건 본교로 가시는 순간 저희가 드릴 수 있는 도움은 아무것도 없다는 겁니다. 할 수 있는 거라곤 연락밖에 없는데, 그건 도움이 되지 않으니까요."

"뭐, 내가 그것도 모를까?"

"지금의 본교는 제2의 드라코 가문이라고 보시면 됩니다. 예전의 모습은 잃었으니까요."

에타르의 걱정 어린 당부에 나는 피식 웃었다.

"그래, 걱정 고맙다. 그런데 너무 걱정하진 마. 너도 내가 본교로 가면 준비할 게 많잖아? 나한테 신경 쓰느라 늦어지지 말라는 뜻이다."

"감사합니다."

"그럼 얘기는 끝?"

에타르는 고개를 끄덕였다.

나는 자리에서 일어섰다. 앞으로 일어날 수많은 변화를 위한 준비의 시간이 필요했다.

그날 밤, 본교 꼭대기.

오늘은 각자 흩어진 다섯 개의 분교에서 본교로 입학이 확정된 학생들의 명단이 본교로 전해지는 날이다.

입학 담당자가 각 분교에서 온 명단을 가지고, 타일런트를 찾았다.

"보름달이시여, 내년 본교 입학생들의 명단에 대한 보고를 위해 찾아왔습니다."

"읊어."

타일런트는 시선도 주지 않고 답했다.

"일단, 총 여섯 명입니다."

"뭐? 고작 여섯 명? 작년에도 그러더니 최근 들어서 수가 급격하게 줄었군."

본교 입학생이 줄어드는 건 타일런트도 절대 환영할 수 없는 현상이다.

본래 연평균 열다섯 명의 학생이 본교로 들어왔고, 그중 자신의 재료가 되는 학생은 고작 두 명 남짓.

그런데 작년부터 급격히 반절로 줄어 버렸으니, 당연 타일런트의 재료도 서서히 고갈되는 중이다.

"루스, 라무스, 에드 이 세 분교에서 오는 학생들은 기대도 안 하지만 미르네, 라믹까지 그 지경인가?"

적어도 두 분교는 타일런트에게 충성을 맹세한 곳이다.

타일런트는 그래서 여섯 명의 입학 예정 학생이 미르네 셋, 라믹 셋이라고 생각했다.

"두 교장 선생님의 사정도 들었습니다. 이상하게 점점 학생들의 평균 성적이 낮아져서 본교로 보낼 인재가 없다고 하더군요."

"뭐, 작년에도 그런 이유였으니 납득은 되는군."

"그래도 보름달께서 좋아하실 만한 소식은 있습니다."

"말해 봐."

타일런트는 별로 기대를 걸지 않았다.

이미 처참한 수준이니 여기에서 기대 따위를 걸 수 있는 대목이라는 게 존재하지 않았으니까.

"더블 캐스터가 네 명이나 있습니다. 내년 입학 예정 학생 중에요."

"……뭐?"

하지만 들려오는 소식은 충격적이었다.

타일런트는 물론 그를 보좌하는 문지기까지 자신의 귀를 의심하는 표정을 지었다.

"……네 명이라니? 어떻게 된 일이야?"

"에드 분교에서 둘, 그리고 라믹, 미르네 분교에서 각각 하나씩 해서 총 네 명입니다. 정확히는 에드 분교에서 더블 캐스터 두 명과 일반 학생 두 명을 보내고 라믹과 미르네 분교에서 각각 더블 캐스터를 한 명씩 보내는 거죠."

더블 캐스터는 500년 전에 탄생한 사일러드가 처음이자 마지막일 정도로 희소한 존재다. 그런데 그런 존재가 동시대에 무려 네 명이나 탄생하다니.

심지어 에드 분교에서는 둘이란다.

타일런트는 충격 받은 눈빛으로 물었다.

"에드 분교에서 둘이나……? 누군데?"

"이미 전에도 알고 계셨던 아르텔이란 학생이랑 그의 친구, 헤이란 학생인데요."

그 말에 타일런트는 갸웃할 수밖에 없었다.

아르텔은 이미 몇 년 전, 에드 분교 0클래스에서 더블 캐스터임을 식별했고 그가 주시하던 학생이니까 잘 안다.

더할 나위 없이 좋은 재료가 될 수 있는 학생이었고, 그가 1클래스에 있었을 때 노힐과 미하엘 가주가 기억을 잃은 적도 있으니까.

그래서 타일런트는 그가 에타르도 파악 못 한 에밋 가문의 생존자라고 생각했다.

그런데 뜬금없게도 한 명의 더블 캐스터가 더 탄생한 것이다.

"에타르…… 무슨 수작이지?"

에드 에타르는 지난 50년 동안 단 한 명의 학생도 의도적으로 보내지 않았다.

그런데 이번에는 두 명이나, 그것도 더블 캐스터로 보낸다고 한다.

자신에게 반항하고 학생을 살리겠다는 명목으로 그런 짓

을 벌여 왔으면서도 지금은 도리어 본교로 적극적으로 보내고 있으니 도무지 이해할 수 없었다.

"헤이란 그 학생, 어떤 더블 캐스터지?"

"불과 어둠이었습니다."

아르텔과 똑같다.

이런 우연의 일치가 나올 수 있을까?

타일런트도 생각이 많아졌다.

"일단, 알았다. 돌아가."

"네."

입학 담당자가 내려간 뒤, 타일런트는 모브를 통해 리비아와 카비르에게 연락했다.

─또 외로워서 연락했나, 타일런트?

─안 그래도 연락해 올 줄 알았어. 본교 입학생 때문이지?

리비아와 카비르가 연달아 말했다.

"그렇다. 갑자기 너희 두 분교에서 더블 캐스터라니. 어떻게 된 일이지?"

현재 타일런트가 가장 믿을 수 있는 분교장들.

그런데 그들이 이제야 본교 입학생이 더블 캐스터란 사실을 전했다는 게 이상해서다.

"더블 캐스터를 그간 몰랐다는 뜻인가?"

─맞아. 갑자기 6클래스에서 더블 캐스터가 되었어.

리비아의 답이다.

－리비아 너도? 내가 보내는 학생도 6클래스에서 갑자기 더블 캐스터가 되었는데.

　이어지는 카비르의 말.

　두 분교장이 더블 캐스터의 존재를 뒤늦게 알아차린 데에는 이유가 다 있었다.

　"리비아, 네 학생이 더블 캐스터라면 원소 둘을 다루는 건가?"

　－맞아. 물과 어둠.

　－내 학생은 바람과 어둠이야.

　"흐음, 이상하군."

　네 명의 더블 캐스터가 전부 공통적으로 가진 원소가 어둠. 게다가 각자 분교장의 원소를 따라가는 중이다.

　우연의 일치라고 하기엔 석연치 않은 부분이 많다.

　마치 꼭 약속된 것만 같은 느낌이다.

　그러나 애초에 이런 걸 어떻게 약속할 수 있을까?

　그저 극악의 확률을 뚫은 우연의 일치라고 봐야 했다.

　하지만 타일런트는 의미가 있는 일이라고 생각했다.

　－뭐가?

　타일런트의 생각을 알 리 없는 리비아가 물었다.

　"아니다. 관찰해 보면 알겠지."

　－관찰은 네 마음대로 하고. 요즘 학생을 적게 보냈다고 눈치나 주지 말라고. 더블 캐스터 한 명 보내는 게 너에게 있

어선 스무 명 보내는 것보다 낫지 않아?

타일런트가 연락을 끊으려 할 때, 리비아가 남긴 말이다.

급격하게 줄어든 본교 입학생 건에 대해 타일런트가 압박을 준 적이 있었는데, 그걸 마음에 담아 두고 있었던 모양이다.

"알았다."

어차피 말로 씨름하고 싶은 상대는 아니다.

타일런트는 대충 답하며 연락을 끊었다.

그리고 곰곰이 생각에 잠겼다.

"더블 캐스터가 네 명이라……. 무슨 농사도 아니고, 풍년이라는 게 있나? 한 해에 무더기로 탄생하게?"

아르텔은 500년 만에 탄생한 더블 캐스터.

나머지 세 명은 같은 해에 동시에 나왔다고 해도 무방하다.

실로 비현실적인 현상이다.

"뭐, 나야 좋은 건가? 그 네 명을 재료로 쓰면 이걸 이제 흡수할 수 있겠지."

타일런트는 봉인석을 쳐다봤다.

검은색으로 물든 비율이 이제 8할쯤.

일생을 바쳐 그린 계획이 곧 현실이 될 거라 믿어 의심치 않았다.

"그런데 보름달이시여, 에타르가 왜 더블 캐스터를 둘이

나 보냈을까요? 게다가 아르텔은 보름달께서도 경계하던 학생이지 않습니까?"

문지기가 물었다.

아무리 생각해도 이상한 행동이었다.

"나도 모르지. 그렇다고 직접 연락해서 물어보는 모양 빠지는 일을 할 필요도 없지 않나?"

"······."

"에타르, 그놈이 무슨 생각인지 모르지만, 본교는 나의 세상. 내 세상에 학생을 밀어 넣은 순간 놈에게는 어차피 진 싸움이야. 아무것도 할 수 없으니까."

"그야 그렇습니다만······."

하지만 이상하게도 문지기는 불안한 감을 지울 수가 없었다.

뭐라고 콕 집어 설명할 수 없는, 단순 기분 탓이라고도 말할 수 있는 불안감이다.

그때 타일런트가 강수를 두었다.

"앞으로 본교 방학은 폐지한다. 학교 밖으로 나갈 수 있는 것은 오직 졸업 혹은 퇴학이라고 공지해."

그의 강수에 문지기는 의아한 표정을 지었다.

"학생들의 반발이 심하지 않을까요?"

"뭔 상관이야, 학생들 반발 따위? 굳이 신경 써야 해?"

틀린 말도 아니다.

학생들의 눈치를 볼 학교였으면 애초에 학생들을 재료로 삼는 일 자체를 하지 않았을 테니까.

"지난 일 중 방학 때 상급 제단이 열리는 바람에 밑의 세계에 있던 친위대를 학교로 불러들인 일, 기억 안 나?"

타일런트는 당시의 일을 들먹였다.

"그랬죠."

"그게 뭐 때문이야? 학생들이 없어서 제단을 처리할 사람도 없어졌기 때문이잖아?"

"……네."

"어차피 제단을 처리하면 학생들은 포인트를 얻고, 방학 때도 제단은 열리니까 졸업 시기가 상당히 앞당겨지는 효과가 나오지 않겠어? 그 부분을 집중적으로 설명하면 되지."

그게 오히려 학생들도 이득이라고, 중간에서 속이라는 지시였다.

"하지만 궁극적인 이유는 아르텔, 그 학생 때문이죠?"

"그렇지. 에타르가 무슨 수작을 부리고 보내는지는 모르겠지만, 결단을 내렸다는 것은 아르텔을 통해 본교 상황을 자세히 알아내려는 거겠지."

50년이나 본교에 학생 한 명 보낸 적이 없는 녀석이다.

그런 녀석이 갑자기 냉큼 네 명이나, 그것도 더블 캐스터를 둘이나 섞어서 보냈다는 건 어떠한 만반의 준비를 마쳤다는 뜻이 아니겠는가?

따라서 에타르의 계획엔 아르텔이 꼭 필요하다는 뜻이다.

타일런트는 그의 계획을 초전 박살 내기 위해 아르텔의 목에 학교란 올가미를 씌워 둘 심산이었다.

"알겠습니다. 전 그럼 그렇게 각층의 교수들에게 전해 놓죠."

"어차피 아르텔을 본교로 보낸 그 순간 아르텔은 내 손안에서 놀아나는 게 되니 에타르는 이길 수 없는 싸움을 건 거야. 본교는 나만의 세상이니까."

"네, 그럼 전하러 가겠습니다."

문지기는 인사를 올리고 꼭대기에서 잠시 자리를 비웠다.

그리고 혼자 남은 타일런트는 불안감보단 기쁨에 차올랐다.

무엇과도 바꿀 수 없는 재료가 넷이나 들어올 예정이니까.

12월 31일이 되었다.

오늘은 분교에서의 마지막 날.

동시에 본교로 가는 날이기도 했다.

나, 밴시, 키에나, 헤이.

이렇게 총 네 명은 강당에 모였다.

우리 넷은 1년간 같은 클래스에서 계속 지냈지만, 이렇게 한자리에 모인 건 오늘이 처음인 것 같다.

특히 키에나와 헤이.

1학기를 시작으로, 방학, 2학기까지.

수업에 시달려서일까?

얼굴이 수척하다. 저 둘이 저렇게 피로감 느껴지는 얼굴을 한 것도 분교 생활 중 오늘이 처음이 아닐까 싶었다.

키에나는 특별히 달라진 게 없어 보였고, 헤이는 머리카락이 빨간색과 검은색이 정확히 반반으로 나뉘었다.

두 눈도 하나는 빨간색, 남은 하나는 검은색이다.

완전한 더블 캐스터가 되었다는 뜻이다.

밴시는 나와 매일 신체 단련을 하면서 몸에서 건강미가 넘쳤다.

나처럼 근육이 부풀었다는 게 눈에 띌 정도는 아니지만, 키에나와 비교하면 확실히 큰 차이가 드러난다.

보고 있는 것만으로도 강하다는 게 느껴질 정도였으니까.

밴시는 이제 성장을 억제시키는 물약도 마시지 않는다고 했다.

이제 나이도 있고, 가장 결정적으로 에타르와 오해도 풀었으니 모습을 계속 숨길 이유가 없어진 탓이리라.

다만, 플레우드는 본교에서도 숨겨야 할 정체이니 여전히 빨간색으로 칠한 상태다.

그리고 바로 어제.

밴시도 공식적인 조각사가 되었다.

아직까지 에타르를 향한 용서를 보류한 채라는 게 나에겐 조금 불편한 사실이었다.

덧붙이자면 밴시도 나와 마찬가지로 별도의 시험은 보지 않았다.

조각사의 특혜가 아닌, 밴시와 내가 평범한 학생이 아닌 탓이 가장 컸다.

강당엔 교장 에타르, 교감 포머, 그리고 불 원소 담당 교사 스파클도 함께했다.

학생들을 떠나보내는 날이니 그 마지막 인사를 하기 위해 모인 것이다.

"다들 지난 1년간 고생 많았어. 본교로 가서도 열심히 하도록."

에타르는 아주 간단하게 인사를 끝냈다.

조각사와는 상관없는 키에나, 헤이까지 있으니 말을 아끼는 것이다.

"포머 교감이나 스파클은 학생들에게 할 말 없나?"

"본교 생활, 힘들 거야."

포머도 간단한 인사를 남겼다.

"……딱히 할 말 없네."

스파클은 말을 아꼈다.

나도 무슨 생각을 하고 있는 건지 짐작할 순 없었다.

"교장 선생님, 이제 본교 담당자가 올 시간입니다. 제가 학생들을 안내하죠."

"그래."

포머가 말하자, 에타르는 포털을 열었다.

본교의 모든 교수진은 드라코 가문의 마법사라고 하지 않았던가.

그래서 마주치기 싫은 게 컸던 것 같다.

반면에 포머는 어차피 그 가문에서 자랐으니, 마주치는 것에는 거부감이 없었다.

에타르는 포털에 들어가기 전, 나를 흘깃 쳐다봤다.

뭔가 하고 싶은 말이 있겠지만, 키에나와 헤이도 있는 자리가 아닌가.

그저 가볍게 웃고 눈인사만 남긴 채로 떠났다.

"가지."

포머가 우리를 끌고 어딘가로 향했다.

목적지는 6클래스의 정문.

문을 열고 밖으로 나가니 포머와 똑같이 새까만 색으로 도색된 마법사 하나가 서 있었다.

그가 바로 본교에서 나온 입학 담당자라는 작자였다.

포머와 그가 마주쳤지만, 둘은 서로를 쳐다보지 않았다.

정확히 말하면 시선은 서로에게 향하는 중이지만 그 뒤의 배경만 보고 있는 것 같은 기분이다.

"총 네 명. 이상 없군. 날 따라와라."

입학 담당자는 포머에게 눈빛으로 인사도 주지 않고, 우리에게 말했다.

포머도 그런 그에게 아무런 말을 하지 않았다.

전에는 실감할 수 없었던 냉철한 분위기다.

그간 에타르가 대립 중이라는 것만 알았지, 이런 살얼음판 속에서 홀로 불타고 있을 줄은 누가 알았겠나.

입학 담당자가 먼저 등을 돌리고, 발걸음을 옮겼다.

"따라가. 저 마법사가 본교로 안내할 거야."

포머의 말이었다.

겉보기엔 포머도 학생에게 별 관심이 없는 것 같은 말투지만, 적어도 난 안다.

그 말속에는 '가서도 몸조심하십시오.'라는 뜻이 들어 있다는 것을.

난 포머를 흘깃 쳐다보며 손만 가볍게 흔들고 학생들을 이끌었다.

"가자."

그렇게 정문과 조금 떨어진 곳에서 입학 담당자는 본교로 향하는 검은 포털을 열었다.

'드디어…… 본교인가.'

이 포털을 넘으면 내가 살았던, 집과 같은 그 본교가 나타날 것이다.

하지만 그립고 반가운 마음보단 어딘가 불안한 기운만이
가득했다.

드디어 도착한 본교.
'……확실히 분위기가 우중충하군. 하긴, 시간이 시간이니
까.'
본교도 분교와 똑같이 마법으로 만들어진 건축물.
그러나 날씨는 어두웠고 학교의 벽돌마저도 검은색으로
물들었다.
저건 타일런트가 의도적으로 만든 게 아니라는 걸 나는 안
다.
본래엔 밝은 태양은 물론 뭉게구름도 예쁘게 수놓여 있었
다.
사일러드가 봉인되기 전까진 말이다.
사일러드가 학교 꼭대기에 봉인되고 나서부터 이상 현상
이 나타났는데, 첫 번째가 바로 저 하늘.
지금처럼 어둡게 변하기 시작한 것이다.
내가 교장으로 있었을 적부터 변화하기 시작했던 것 중 하
나다.
300년 만에 온 본교의 하늘은 24시간 내내 밤인 것처럼 맑

은 하늘이 드리울 자리가 아예 없었다.

그 정도로 사일러드의 영향력이 지금까지도 줄어들지 않았다는 뜻이다.

'수명 한번 더럽게 길구나, 사일러드. 아직도 건재하다니.'

마법사의 평균 수명은 검사에 비하면 긴데, 신기한 것은 강한 마력을 가진 마법사는 그 평균 수명보다도 더 길다는 것이다.

내 스승님에게 듣기론, 고대 마법사 중엔 천 년까지 산 마법사가 있다고 할 정도니까.

그 마법사의 이름은 모른다.

그저 추측하기론, 그 정도 긴 수명을 가졌다는 것은 남다른 재능의 마력을 가졌다는 뜻이 되니 플레우드에 비전력 사용자가 유력할 뿐이다.

나도 어쩌면 전생에서 타일런트에게 죽지 않았다면, 그 정도로 길게 살았을지도 모른다.

드디어 학교 정문에 다다랐다.

어두운 하늘 밑에 있는 어두운 학교.

학교의 외형은 탑과 같았다.

내가 전생에서 처음 이 학교에 입학했을 땐 부푼 꿈을 안고 왔지만, 지금은 변해 버린 학교를 마주하자니 참담한 마음만 들었다.

그리고 그곳엔 우리 말고도 두 명의 학생이 더 있었다.

"······어? 너도 더블 캐스터구나?"

두 학생 중 하나가 말했다. 목소리는 차분하고 순수했다.

"······어라?"

하늘색과 검정색의 조화.

물과 어둠의 더블 캐스터다.

그 옆의 학생은 회색과 검정색.

바람과 어둠이다.

'······더블 캐스터가 둘이나 더?'

이게 무슨 일이지······?

본교 1층

"너희들끼리 인사는 나중에 하지? 지금은 바쁘니까."

정문에서 마주친 두 명의 더블 캐스터 학생.

통성명을 하기도 전에 입학 담당자가 차갑게 말했다.

'그래, 그렇겠지. 어차피 너희들 눈에 우리는 사람으로 안 보일 테니까.'

본교에서 우수한 성적을 거두면 어떻게 되는지 나는 알고 있지 않던가.

어차피 타일런트의 재료가 될 운명. 즉, 도구에 지나지 않는다.

그것도 애착을 전혀 가질 필요가 없는 도구.

지금 입학 담당자의 태도만 봐도 쉽게 알 수 있었다.

입학 담당자는 그렇게 철문을 열고 본교 안으로 들어갔다.

우리도 그의 뒤를 따라서 가던 중이었다.

"난 테슬라라고 해. 교복을 보니까 에드 분교에서 왔네?"

물과 어둠의 더블 캐스터 학생이 먼저 내게 인사를 건넸다.

나이는 우리와 비슷해 보이는 10대 중반의 남학생.

체형도 특이할 건 없었다. 더블 캐스터인 것만 빼면 평범하다고 할 수 있는 학생이다.

입고 있는 교복도 하늘색인 걸 보니 라믹 분교에서 온 듯했다.

"어, 난 아르텔. 라믹 분교에서 온 거야?"

"맞아. 옆에 우락부락한 친구도 더블 캐스터네? 넌 이름이 뭐야?"

"헤이."

"반가워. 더블 캐스터를 여기에서 또 보다니. 신기하다."

글쎄…… 이건 신기한 게 아니라 이상한 거다.

분명 내가 0클래스에서 더블 캐스터 흉내를 냈을 땐, 500년 만에 탄생한 더블 캐스터란 수식어가 따라다녔다.

즉, 마법 사회에서 공식적으로 사일러드 이후에 내가 처음이라는 뜻이다.

헤이는 5클래스에서 갑자기 더블 캐스터가 된 거니 그런 수식어는 당연히 붙지 않았다.

그렇다면 테슬라도 마찬가지라는 뜻이다.

나처럼 0클래스 때부터 더블 캐스터임이 밝혀진 게 아닌, 더 높은 클래스에서 어느 순간 드러났다는 뜻이다.

"언제…… 더블 캐스터가 된 거야?"

궁금함에 내가 물었다.

"라믹 분교 6클래스 생활을 하던 중에 갑자기 됐어. 나도 뭐가 뭔지 모르겠다. 이런 재능이 내게 있었다니."

"어? 너도? 나돈데."

따라서 걷던 남은 더블 캐스터 학생이 말했다.

테슬라와 똑같이 남학생으로 더블 캐스터라는 걸 제외하면 그다지 특징을 찾아볼 수 없는 학생이었다.

회색 교복을 입은 걸 보아하니 미르네 분교에서 온 듯했다.

나이 또래도 나와 비슷한 10대 중반.

이건 확실히 이상하다.

에드 분교에서의 5클래스 학생만 떠올려도, 나이는 우리와 한참이나 차이가 많이 나는 학생들이었다.

그런데도 우리와 비슷한 나이 또래라는 뜻은…… 재능이 남달랐던 게 분명하다.

입학하자마자 남들처럼 오랜 시간을 걸쳐 클래스를 오른 게 아닌, 단기간으로 주파했다는 뜻이 된다.

"정말? 넌 이름이 뭐야?"

테슬라는 자신과 똑같은 현상을 겪은 학생에게 친밀감을 보이며 물었다.

"쿠로."

그렇게 의문의 더블 캐스터 학생들 이름 전부를 알게 되자 목적지에 도착했다.

입학 담당자가 우리를 안내한 곳은 한 교실이었다.

'여기는…….'

난 한때 이 학교의 주인.

따라서 분교의 시설물 전부는 알고 있다.

입학 담당자가 멈춘 이 교실은 전생에서의 0클래스 입문 이론 수업을 하던 곳이다.

'지금은 그런 수업이 필요 없겠지. 6서클 학생들만 오는 곳 이니까.'

"안으로 들어가서 기다려라. 너희를 담당할 교수님이 곧 오실 거니까."

입학 담당자는 그 말만 남기고 홀연히 사라졌다.

그렇게 교실 안으로 들어서니, 서늘한 기운만 느껴졌다.

누군가의 마법으로 인한 기운이 아니다.

사람의 발길이 끊긴 폐가에서 풍기는 그런 서늘함이었다.

한때는 교실이 비좁아질 정도인 마흔 명 이상의 학생들을 모아 놓고 늘 수업을 하던 곳에서 이런 기운이 풍겨지는 이유는 단 하나뿐일 것이다.

새롭게 입학한 학생들을 위한 작은 간담회로만 사용하는 곳이라는 것.

따라서 1년에 한 번 사용하는 교실로 전락했다는 뜻이다.

"그나저나 에드 분교는 소문이 되게 안 좋던데, 실력 없는 학교라고. 운이 좋았던 건가, 네 명이나 오게?"

테슬라가 물었다.

밑의 세계에서도 에드 분교는 절대 본교로 갈 수 없는 학교라는 소문이 떠돌았으니, 그저 궁금함에 묻는 것이었다.

"그렇다기엔 더블 캐스터가 두 명이나 나왔는데 실력이 없는 건 아니지 않을까?"

내가 반박했다.

에타르가 내 제자 중 실력이 가장 떨어진 건 맞지만, 300년이 지난 지금 그 누구보다도 강한 의지를 가진 마법사니까.

"나도 그렇게 생각해. 역시, 소문이 잘못된 거겠지?"

다행히 테슬라의 성격이 꽤 유순한 학생 같았다.

"될 놈이 된 것뿐이지 않을까?"

쿠로가 던진 한마디에 분위기는 냉랭해졌다.

찬물을 끼얹은 것과 같았다.

아니, 바람 원소도 다루는 쿠로이니 찬 바람 한 줄기가 불었다는 게 맞는 표현이겠다.

"나도 소문은 들어서 아는데 50년이나 본교 입학생이 없었다며. 학교 실력이 형편없는 건 맞고 그냥 너희들이 될 놈들이니까 온 것뿐 아니야?"

이게 딱히 우리를 노리고 공격적으로 하는 말은 아니다.

실제로 에타르는 자신의 학교 입학을 막기 위해 그런 소문까지 퍼트렸다고 했으니까.

지금 쿠로의 말을 에타르가 들었다면 기뻐할지, 그래도 한편으론 씁쓸할지 잘 모르겠다.

나도 어떻게 반응해야 할지 모를 때, 교실로 선생 한 명이 들어왔다.

입학 담당자처럼 새까만 색으로 도색된 마법사.

구불구불한 단발머리의 여성 마법사.

풍기는 분위기가 남달랐다.

그녀는 단상에 서서 우리에게 말했다.

"반갑다. 본교 1층을 관리하고 있는 교수 드라코 케린이다."

역시, 드라코 가문의 마법사.

이미 에타르에게 들었기에 별로 놀랍지 않았다.

"너희는 공식적으로 6서클 마법사. 하지만 본교에 왔다고 7서클이 되는 것은 아니다. 여기에선 예비 7서클인 셈이지. 자, 앞으로의 본교 생활을 간략히 설명하겠다."

케린은 칠판에 그림 하나를 그렸다.

이 학교의 외형이다.

그리고 1층에 커다란 동그라미를 치며 설명했다.

"너희가 있는 곳이 바로 여기, 본교의 1층. 그리고 여기는……."

본교의 꼭대기 부분에 동그라미를 치며 말했다.

"너희가 알고 있는 꼭대기란 곳이다. 본교 졸업 예정 학생들이 가는 마지막 관문이지. 부와 명예, 원하는 모든 것이 있다는 그곳이 바로 여기 꼭대기야. 다들 여기를 목표로 온 학생들이잖아?"

'웃기고 있네…….'

역시, 시작은 세뇌다.

아, 원하는 모든 것이 있긴 하겠다.

문제는 그게 학생들이 원하는 게 아니라 타일런트가 원하는 재료만 있는 곳이라는 거지.

저 위에서 벌어지는 일을 아는 건 나와 밴시뿐.

그렇다 보니 고개도 끄덕여지지 않았다.

"본교는 총 6층으로 이루어져 있고, 조건이 충족되면 위층으로 올라가게 된다."

자, 과연 타일런트가 차지한 본교는 어떻게 바뀌었을까?

이제 그 정체가 나오겠지.

"단, 본교의 수업 방식은 너희가 분교에서 겪은 것과 똑같지 않다. 일단, 본교에선 수업이 없다. 수업이 있는 건 본교의 4층부터거든."

수업이 없다는 말에 쿠로와 테슬라가 살짝 동요했다.

하지만 에드 분교 출신인 키에나와 헤이의 표정을 읽으니 이런 생각을 하고 있는 게 분명했다.

'분교랑…… 똑같은데?'

생각해 보면, 에타르는 본교의 방식에서 착안한 게 많다고 했다.

5클래스부터 수업이 없는 것도 여기에서 착안한 것 같았다.

학생을 어떻게든 퇴학시키려는 에타르.

그렇기에 수업을 하지 않고 어려운 과제를 내준다면, 학생들의 퇴학률은 비약적으로 오른다.

그저 자신만의 마법을 만드는 5클래스 과제는 대마법사였던 내겐 너무나 쉬운 과제였다는 게 문제였을 뿐이다.

"자, 수업은 없는데 합격은 어떻게 하고 위층을 향하는지 궁금하지?"

케린의 질문에 모두가 고개를 끄덕였다.

"간단하다. 이건 분교에서도 시행하고 있는 제도인데, 포인트 제도다."

포인트 제도라는 말에 다들 표정이 일그러졌다.

분교에서 머리 아프게 괴롭혔던 제도였으니, 당시의 괴로움이 되살아나는 것이리라.

"그럼 본교에서도 학생들이랑 대련을 하면서 포인트를 쌓는 건가요?"

내가 물었다.

하지만 케린은 코웃음을 치며 고개를 저었다.

"그런 간단한 것일 리가 없지. 자, 본교 시설물 곳곳에는 이런 게 있다."

케린은 다시 칠판에 그림을 그렸다.

그런데 그가 그리고 있는 것을 유심히 지켜보던 난 고개를 갸웃할 수밖에 없었다.

'……저건 제단인데?'

사일러드를 봉인하면서 생긴 또 하나의 이상 현상, 바로 제단.

꼭대기에 갇힌 사일러드가 힘을 사용하면 제단은 몬스터를 뱉어 내는 포털이 된다.

그런데 지금 왜 케린이 그런 제단을 학생 상대로 그리고 있는지 도통 모르겠다고 생각하던 때였다.

'설마……?'

내가 생각하는 그건 아니길 바라는 마음이었을 때, 케린이 마저 설명했다.

"이걸 제단이라고 부른다. 이 제단에선 수시로 몬스터가 튀어나오지. 제단이 뱉는 몬스터의 강력함에 따라 등급이 붙는데, 1급부터 10급이 있다. 마법사의 서클과 똑같아, 숫자가 높을수록 강한 몬스터지."

아무래도 내가 예상하는 게 맞는 것 같다.

"그리고 1층에 있는 제단은 총 여섯 개로 각각 1급 두 개, 2급 두 개, 3급 두 개가 있지. 이 제단에서 나온 몬스터를 처리하면 자동으로 포인트가 쌓인다. 그게 바로 본교 1층의 졸업 조건이지."

한숨밖에 나오지 않는다.

난 저 제단에서 나오는 몬스터로부터 학생들을 안전하게 하기 위해 친위대를 조직했고, 제자들도 전부 학교에 상주하도록 했다.

그런데 지금 타일런트는 친위대를 그저 자신의 목적만을 위해 움직이는 살육 집단으로 변모시킨 것만으로도 모자라 이젠 학생들에게 몬스터를 처리하게 한다.

그나마 여기가 1층이라 다행이다.

3급 제단이면 3서클 마법사 수준이니, 1층에 있는 학생들 선에서 충분히 정리가 가능하니까.

하지만 점점 위로 올라갈수록 제단을 잠재우려다 자신이 평생 잠을 자는 경우가 나올 거다.

"1층 졸업 포인트는 50포인트. 1급 제단을 재우면 1, 2급은 3, 3급은 5다. 어때, 간단하지?"

학생들 반응을 살피니 다들 무덤덤했다.

이게 얼마나 간단한 건지 모르기에 저런 반응이 나오는 것이다.

밴시도 슬쩍 나를 훔쳐봤다.

저 교수의 말대로 정말 간단한 게 맞느냐는 질문을 담은 눈빛이다.

난 고개를 끄덕였다.

적어도 저 제단을 아는 사람은 여기에서 나밖에 없으니까.

"하지만 간단하다고 방심하면 곤란해. 1층 학생 총원은 예순 명이 넘거든."

제단은 고작 여섯 개.

그런데 학생은 예순 명.

타일런트가 왜 이런 규칙을 정했는지 알 것 같다.

위층으로 올라가기 위해 제단을 잠재워야 하는데, 제단은 적고 학생은 많으니 학생들 사이에 경쟁도 심해질 것이다.

수요와 공급의 밸런스가 완벽히 무너진 상황이다.

그렇다 보니 제단을 차지하기 위해 학생끼리의 싸움도 자주 일어날 게 분명했다.

타일런트는 강한 마법사만 위로 올라오길 바라니, 그런 경쟁력을 뚫고 제단까지 잠재우는 학생이라면 사일러드의 힘을 흡수할 수 있는 최상의 재료라고 생각한 모양이다.

'하여간 구역질 나게 잔대가리는 좋다니까.'

본교로 오고 나니 이제 조금 실감이 난다.

"그리고 가장 중요한 것. 앞으로 너희는 팀으로 활동해도 되고 개인으로 활동해도 된다. 지금 이 자리에서 결정해. 팀으로 활동하면 당연 포인트는 공유하는 거니까 팀원 전부가 함께 위층으로 올라가게 되지. 반대로 나중에 퇴학당하면 다 같이 사이좋게 당하는 거고."

……팀?

이것도 어디에서 많이 본 것 같은 제도인데……?

에드 분교 1클래스 때부터 나를 괴롭혔던 그 동반 입학 제도.

지금 본교가 시행하는 제도와 상당히 유사했다.

'에타르가 이걸 보고 착안한 거구나.'

단순히 베낀 게 아닌, 에타르의 상황과 입맛에 맞춰 바꾼 거였다.

"너희가 그 60 대 6의 경쟁률을 뚫고 제단을 차지하고, 몬스터까지 처리해야 하는 과제지. 얼마나 어려운 건지는 굳이 설명할 필요 없을 것 같다. 직접 겪어 보는 게 최고 아니겠어?"

케린은 무심하게 설명했다.

학생들이 얼마나 피를 튀기며 경쟁하건, 자신이 신경 쓸 게 아니니 저런 반응을 보이는 게 아니겠는가.

"제단은 이미 너희보다 빨리 본교로 온 학생들이 차지했다. 너희들의 힘으로 그걸 뺏건 학생들이 자리를 비웠을 때 몰래 처리하건, 그건 너희가 알아서 하도록."

그럼 그렇지.

본교에서도 학생들과의 대련이 기본이 되는 방식이다.

"제단을 뺏는 과정에서 사망자가 생겨도 본교에서는 책임지지 않는다. 애초에 본교에 나약한 마법사는 필요 없기 때문이지. 그래도 걱정하지 마, 양호실은 있어. 다치면 알아서 가도록."

케린은 제법 살벌한 소리를 했다.

저런 소리를 하는 이유는 특별한 것도 없다.

실제로 제단을 뺏는 과정에서 죽은 학생이 나왔다는 뜻이니까.

난 슬쩍 헤이와 키에나의 표정을 살폈다.

아직은 덤덤할 뿐이었다.

자신이 있는 건 아닌 것 같고, 그저 얼마나 살벌한 상황인지 잘 모르는 듯했다.

그리고 케린은 나약한 마법사는 필요 없다고 대놓고 말했지만, 그 말에 신경 쓰는 학생은 하나도 없었다.

그게 무슨 뜻인지 정확히 모르는 것이 분명했다.

"자, 본교의 방식은 이렇게 설명 끝."

설명을 마친 케린은 모브 여섯 개를 들고 우리 앞에 섰다.

"이 모브는 본교 전용 모브다. 너희들의 몸에 심으면 기존에 있던 분교 모브는 자동으로 폐기되니까 걱정하지 않아도 돼."

그렇게 그는 본교 전용 모브를 우리에게 심기 시작했다.

아마 이 모브는 내 스승님이 만든 게 아닌, 타일런트가 따로 제작한 모브겠지.

에타르도 학생을 감시하기 위해 분교에서 모브를 따로 제작했다고 했으니, 타일런트도 마찬가지일 거다.

하지만 에타르처럼 모브에 감시 기능을 넣진 않았을 것 같았다.

에타르가 굳이 감시 기능을 넣은 이유도 내 흔적을 찾기 위해서라고 하지 않았던가?

내가 공격당했던 그날.

에타르는 내 시체가 남아 있지 않았다는 이유만으로 어딘가 살아 있을지도 모른다는, 혹은 나와 관련된 누군가가 있을 거라는 혼자만의 망상을 그렸고, 그 망상을 포기하지 않고 좇았다.

하지만 타일런트는 그런 의심을 하지 않았다고 했다.

아니, 처음엔 의심했을 거다.

그러나 내가 마법 사회를 비운 시간이 적은 시간도 아닌 300년이나 되는 긴 시간이다.

흔적이라곤 찾아볼 수도 없으니 난 완전히 사라진 옛사람이라고 여기고 계속 흔적을 찾아볼 생각을 하지 않았을 거다.

그러니 타일런트는 학생을 감시할 필요가 없었던 것이다.

"질문 있나?"

모브 이식을 마친 케린이 물었다.

내가 조용히 손을 들었다.

"그래, 아르텔."

"1층 졸업 조건이 50포인트라고 했죠? 그렇다면 50포인트를 채운 순간 다음 층으로 향하는 건가요?"

"맞아. 너희가 분교에서 겪은 졸업식 같은 건 본교엔 없다. 조건 포인트를 채운 그 순간, 위층으로 향한다. 단, 3년 이상 한 층에 머물게 되면 그땐 퇴학이지."

3년이나 1층에 머물게 된다는 뜻은 다른 학생과 경쟁할 힘이 없다는 뜻.

그러니 타일런트에게도 필요한 학생은 아니다.

타일런트는 학생이 원소사건 소환사건 전혀 상관하지 않는다.

그저 강한 학생만 꼭대기로 올라와 자신의 재료가 되면 됐기 때문이다.

"궁금한 건 풀렸나?"

"네."

"자, 그럼 이제 팀으로 활동할 건지, 개인으로 활동할 건지 정해야 하는데……."

"저희 네 명은 팀으로 활동하죠."

내가 상의도 하지 않고 멋대로 결정했다.

아니, 상의할 필요도 없다.

어차피 난 밴시뿐만 아니라 키에나와 헤이까지 데리고 꼭 대기로 갈 생각이었기 때문이다.

그래야 저 둘이 가진 비밀을 풀 수 있으니까.

다행히 내 독단적인 결정에 아무도 토를 달지 않았다.

"뭐, 같은 분교에서 온 학생들은 다 너희처럼 팀으로 활동하더라고. 지극히 정상이지."

케린도 가볍게 넘어가며, 테슬라와 쿠로에게 물었다.

"너희 둘은 어쩔래?"

"음⋯⋯."

테슬라는 고민하다 쿠로의 눈치를 봤다.

"같은 더블 캐스터고, 같은 시기에 입학한 것도 기념인데 나랑 팀으로 활동하지 않을래?"

사교성도 제법 있어 보이는 학생이다.

그러나 쿠로의 답은 달랐다.

"아니, 난 혼자 활동하고 싶은데. 같이 어울려 다니는 건 귀찮아서."

"아⋯⋯ 그래?"

쿠로는 혼자 있는 걸 좋아하는 성향으로 보였다.

"그럼 결정됐군. 너희 둘은 개인으로 활동하는 걸로."

반강제성이 있긴 하지만, 테슬라와 쿠로는 결국 개인 활동으로 정해졌다.

"그럼 앞으로 본교 생활 잘해 보라고, 새내기들. 아 참, 하나 중요한 것을 알려 주지. 본교에는 방학이란 개념이 없어. 그렇다 보니 1학기, 2학기 구분도 없지. 365일 내내 학기의 연속이야."

"그 말은 무슨 뜻인가요?"

뜻밖의 사실에 나는 혼란스러워져서 물었다.

"언제든 너희가 자격이 갖춰졌다면, 바로 위층으로 향한다는 거지. 그리고 밑의 세계로 가는 건 졸업했을 때만이다."

퍽이나 그럴까.

분교의 졸업은 곧 죽음을 의미한다.

따라서 죽어서야 나갈 수 있는 것이다.

아, 중간에 퇴학당한 학생이 오히려 인생에 있어서 승자라고 할 수 있다.

적어도 마법사로서는 수명이 끝났을지 몰라도, 인간으로서의 생명은 이어질 수 있는 상황이니까.

난 적어도 모든 정황을 알고 있기 때문인지, 방학이 없다는 사실에서 죄수를 가두는 수용소의 느낌을 강하게 받았다.

타일런트의 입장에선 이런 거겠지.

어떤 학생이 자신의 훌륭한 재료가 될지 모르니 일단 전부 묶어 두고 보자.

그리고 쓸모없어진 학생은 버려도 상관없다.

어차피 그 빈자리를 채워 줄 학생들은 많으니까.

설명을 마친 케린은 교실을 떠나며 한마디를 남겼다.

"너희들 기숙사는 그 모브가 알려 줄 거니까 확인해."

그렇게 짧은 설명을 마치고, 케린은 완전히 사라졌다.

"비록 경쟁하는 사이긴 하지만, 더블 캐스터라 그런가? 정감이 가네."

테슬라가 내게 건넨 말이었다.

그는 한쪽 손을 내밀며 덧붙였다.

"앞으로 잘해 보자. 원래 경쟁이 성장에 있어서 가장 큰 거름이란 소리들 하잖아?"

어디에서 그런 소리를 들었는지는 모르겠지만…… 난 적어도 그렇게 생각하지 않는다.

경쟁보단 협동.

그게 내가 추구하는 방향이다.

하지만 굳이 이 학생에게 알려 줄 필요는 없겠지.

난 테슬라의 손을 맞잡고 흔들었다.

"그래."

필요 이상의 대화는 나누지 않기 위해 짤막하게만 답했다.

이제 교실에서 나와, 모브가 알려 주는 기숙사로 향할 때였다.

1층 복도를 지나던 중, 비정상적으로 어두운 한 부분을 발견했다.

"여긴……."

원래 지하실로 내려가는 계단이 있는 곳이다.

그런데 지금 이렇게 어두워 아무것도 보이지 않는 것은 단한 가지 이유.

타일런트가 막아 놨다는 뜻이 되겠다.

그런데 왜?

이런 의문이 생겼다.

지하실엔 특별한 게 없다.

있는 거라곤 거대한 역대 교장의 초상화들.

그리고 나는 이 학교의 제9대 교장.

따라서 저 마법을 부수고 밑으로 내려가면 내 초상화가 있다.

문득, 과연 내 초상화를 어떻게 그렸을지 확인해 보고 싶은 마음이 들었다.

하지만 그건 지금 상황에선 무리겠지.

저 차단 마법을 타일런트가 직접 건 건 뻔하니, 그걸 내가해체한 순간 꼭대기에 있는 타일런트가 모를 리가 없으니까.

그 순간 학교의 모든 교수진이 이곳으로 모일 거다.

'아직은 때가 아니니까.'

지금은 적어도 나 혼자 움직이는 게 아니지 않던가?

에타르가 준비가 끝나면 따로 연락하겠다고 했으니 적어도 그의 연락은 기다려야 했다.

그건 그 전까진 아무리 나라고 해도 막무가내로 행동할 수 없다는 뜻이기도 하다.

내 경솔한 행동 하나로 인해 에타르가 300년 동안 쌓아 올린 계획의 탑을 무참히 부숴 버리는 결과를 낳을 수 있으니까.

"왜 그래?"

내 옆에 꼭 붙어 있는 밴시가 물었다.

내가 한때 이 학교의 주인이었던 사실을 알고 있는 유일한 학생.

그래서 내가 멈춘 것에도 다 이유가 있을 거라는 생각이 들었을 거다.

"아, 아니야."

나는 그렇게 둘러대고 기숙사로 향했다.

도착한 본교의 기숙사.

예전엔 0클래스였던 곳이기 때문일까?

에드 분교 6클래스 기숙사와 비교하면 한없이 작다.

가구는 물론 침대와 이불까지.

관리를 제대로 한 것일지 의문이 들 정도로 지저분하다.

심지어는 하얀 베개에 노란 때가 끼어 있기도 했다.

"……정말 수용소 같군."

찜찜해서 그대로 사용할 순 없었다.

결국, 난 기숙사에서 물 원소를 이용해 이불, 베개를 전부 세탁했다.

내 마법을 거치고 나니 이젠 사용할 수 있을 정도로 깨끗
해졌다.

그리고 침대에 몸을 눕혔다.

"본교에…… 어떻게든 오긴 왔구나."

앞으로의 내 계획은 에드 분교에서 했던 것처럼 똑같이 최
단기간으로 6층까지 주파.

마침 졸업 조건도 까다롭지 않으니 다행이다.

그리고 밴시, 키에나, 헤이까지 팀으로 묶었으니 6층까진
나 혼자 올리는 것도 불가능하진 않을 거다.

가장 문제는 제단이 언제 활동을 시작하느냐인데…….

전생에서도 사일러드는 그렇게 자주 발악하지 않았다.

평균을 내 보자면 일주일에 두 번 정도?

그리고 한번 힘을 낸다고 본교 1층에 있는 여섯 개의 제단
이 전부 활동을 시작하는 것도 아니다.

사일러드가 약한 힘을 낼 때만 3급까지의 제단이 활동하
는 거고, 더 강한 힘을 내면 위층에 있는 상위 제단이 활동하
는 방식이다.

'아니지. 타일런트가 이걸 졸업 조건으로 설정했을 정도라
면…… 제단이 더 자주 일어난다는 뜻인가?'

문득 그런 의문이 들었다.

생각해 보니, 타일런트도 많은 학생들이 자주 꼭대기로 와
야 자신의 목표를 이룰 수 있다.

그런 놈인데, 활발하게 활동하지도 않는 제단을 굳이 졸업 조건으로 정했을까?

머리 한번 잘 돌아가는 놈이 그런 원초적인 실수를 할 리가 없다.

그렇다면 답은 하나.

내가 알고 있는 것과 달리, 제단은 더 활발히 활동한다는 뜻이 된다.

쿵쿵쿵쿵ー!

그때, 복도에서 시끄러운 소리가 들렸다.

여러 명의 학생이 동시에 분주하게 뛰는 발소리다.

"야! 뭐야? 또야?"

"어! 강당에 있는 1급 제단이 활동을 시작했어! 벌써 눈치 챈 애들은 그리로 갔다고!"

"아이 씨! 늦으면 안 되지! 빨리 가자!"

동시에 이어진 학생들의 다급한 대화 소리다.

입학과 동시에 제단이 활동한다라…….

타이밍 한번 제대로다.

역시, 내가 알고 있는 것과 달리 제단은 시도 때도 없이 활발히 움직이는 것으로 보였다.

'가만히 놓고 있기도 뭐하니…… 슬쩍 구경이나 가 볼까?'

난 조용히 복도로 나가, 학생들이 우르르 몰려가는 곳을 향했다.

예순 명 이상이 있는 본교 1층.

그런 학생 전부가 모여 무자비하게 복도를 뛰고 있는 걸 보고 있자니, 성난 황소 떼가 뛰는 것과 같은 기분이 들었다.

경쟁이 이 정도로 치열하다는 뜻이다.

'시장통도 이 정돈 아니겠는데.'

확실히 본교는 정상이 아니라는 걸 실감했다.

생태계 파괴

"꺼져, 이것들아!"

강당에 도착하자마자 들린 목소리다.

거대한 강당 출입문을 한 학생이 나머지 학생들이 들어오지 못하게 막아서고 있었다.

그 옆에는 출입문만큼이나 거대한 라이칸 한 마리가 서 있었다.

'소환사구나.'

출입문을 막아선 학생의 정체였다.

교복을 보니 미르네 분교 출신이다.

키에나의 라이칸과 차이가 있다면 저 학생의 라이칸의 가죽 색은 회색이란 점이었다.

저게 라이칸 본연의 모습이다.

"또 쟤들이야……?"

"하아, 이번 제단도 글렀네."

그런데 이상한 것은 출입문을 막아선 학생을 보곤 구름같이 모여든 학생들이 망연자실하고 있다는 점이다.

그러고 보니 케린은 이미 제단을 영지처럼 차지한 학생들이 있다고 하지 않았던가.

출입문을 막아선 저 학생이 딱 그런 학생 중 하나겠지.

게다가 구름같이 몰려든 학생들이 대항할 생각을 일찌감치 접는 걸 보면 제단을 막아선 저 학생 하나를 어떻게 할 수 없다는 뜻이다.

'그러기엔…… 소환사인데?'

아무리 그래도 소환사 하나를 원소사 여러 명이 달려들어 제압하지 못한다는 게 이상하다고 여겨질 때였다.

드드드-!

아니나 다를까.

출입문엔 또 다른 변화가 생겼다.

기존의 출입문은 사라지고, 그 자리에 암벽에 생성된 것이다.

"돌아가라. 이미 우리가 접수했다."

소환사와 똑같은 미르네 분교 출신 대지 원소사.

팀으로 활동하는 학생이었다.

아마도 이런 방식이겠지.

두 명이 저렇게 다른 학생이 들어오지 못하게 막고, 나머지 팀원들이 안에서 제단을 처리한다.

최소 네 명으로 이루어진 팀으로 보였다.

아무리 1급이라 하더라도 혼자서 제단을 처리하기엔 조금 벅찰 수 있었으니까.

'흠, 본교 학생들의 수준을 좀 보려고 했는데 이러면 곤란하잖아.'

내가 학생들을 따라 강당까지 온 이유는 특별한 게 없다.

오늘 막 입학한 상태에서 무작정 활동을 개시할 생각보단 멀리 떨어져서 상황을 주시하고 간이나 볼 생각이었다.

하지만 저렇게 출입문을 막아 버린다면 내가 나설 수밖에 없는가.

"너만 치우면 안으로 들어갈 수 있는 거냐?"

그런데 나보다 먼저 움직인 학생이 있었다.

바로 오늘 나와 같이 입학한 미르네 분교 출신의 더블 캐스터 쿠로였다.

"……쟤 누구야?"

"몰라, 처음 보는 얼굴인데. 그런데 뭐야, 더블 캐스터 아니야……?"

쿠로의 등장에 학생들은 동요했다.

다른 학생 전부 출입문을 가로막고 있는 두 학생을 거대한 벽처럼 느끼고 이미 자포자기한 모습인데, 그 속에서 단 한 명이 당당하게 나서니 말이다.

모두가 '아니.'라고 할 때 혼자 '예.'라고 말하며 모두의 이목을 앗아 가는 학생.

그게 쿠로였던 것이다.

"뭐야? 신입생이냐? 교복 보니까 내 후밴데? 선배를 봤으면 인사부터 해야 하는 거 아니⋯⋯."

"비켜."

휘이이잉─!

그가 자신의 마법을 선보인 순간이었다.

특별할 것 없는 아주 간단한 바람 원소 마법.

쿠로가 바람 원소 마법을 구현한 순간, 출입문을 막아선 학생은 물론 입구에서 어쩔 줄 모르던 학생들까지 전부 멀리 날아가 버렸다.

그만큼 강한 바람이었다.

나만이 쿠로의 바람을 견디고 자리를 유지했다.

쿠로는 텅 빈 출입문으로 향했다.

한 학생은 날아갔지만, 여전히 다른 학생의 마법은 남아 있어 암벽인 채다.

쿠로는 손을 암벽에 대더니 이번엔 어둠 원소 마법을 이용했다.

블랙홀 같은 검은 구체에 암벽은 형태가 일그러지며 빨려 들어가 이내 형체를 완전히 잃었다.

그렇게 쿠로는 출입문을 뚫고, 당당히 안으로 들어갔다.

'더블 캐스터라 그런가…… 확실히 마력이 범상치 않은데.'

출입문을 막았던 학생에게선 느껴지지 않는 비범함이었다.

'이러니까 더 보고 싶어지는데.'

테슬라와 팀으로 활동하는 것도 매몰차게 거절하고 혼자 활동하는 걸 택한 학생이다.

난 쿠로의 뒤를 따라 안으로 들어갔다.

🐝

강당 안에 들어서니, 1급 제단에서 나온 몬스터 한 마리가 물방울 안에 갇혀 있었다.

1급 몬스터의 정체는 검은 개.

그러나 내가 알고 있던 모습과 꽤 다르다.

머리가 세 개나 붙어 있어 신물 케르베로스의 모습과 비슷하지만, 엄연히 케르베로스는 아니다.

본래 사일러드의 케르베로스는 라이칸처럼 거대했다.

하지만 1급 제단에서 나온 개는 일반 개의 크기와 똑같았고, 생김새만 흉측할 뿐이었다.

개의 돌연변이 정도라고 보는 게 맞다.

'사일러드……'

진정한 사일러드의 몬스터를 실로 오래간만에 보는 순간이다.

저 몬스터는 사일러드의 힘에 의해 소환된 몬스터.

즉, 사일러드의 현재 상태가 어떤지 알려 주는 지표와 비슷한 것이다.

그런데 내가 알고 있는 모습과 달리 조금 더 흉측해졌다는 것은 과연 무슨 뜻일까?

꼭대기에서 상당 부분 힘을 흡수당해서 소환수의 형태를 완벽히 유지할 힘이 부족해서 저런 모습일까?

포머에게 들었을 땐, 봉인석이 절반이 넘도록 검은색으로 물들었다고 했다.

그런 정보를 흘린 사람이 한때 대마법사 친위대 부대장으로 있던 임펠이니 확실한 정보는 맞다.

아마도 힘이 불안정해서 소환수의 모습까지 영향이 가, 저런 흉측한 모습인 것 같았다.

사일러드의 몬스터를 물로 가둔 학생은 출입문을 막던 학생과 똑같이 미르네 분교 출신의 물 원소사다.

역시 머리카락, 눈동자 전부 하늘색으로 동화가 완벽하게 이루어졌다.

이건 내 예상과 달랐다.

강당에는 최소 두 명의 학생이 있을 거라고 판단했지만,

물 원소사 혼자서 1급 제단을 잠재우려 했던 것이다.

아마도 1급이라 가능했던 것 같다.

더군다나 사일러드의 힘도 약해졌으니, 1급 몬스터도 내가 알던 1급에 비하면 많이 약할 수도 있으니까.

물 원소사 학생이 몬스터를 향해 마지막 일격을 날리려 할 때였다.

쿠로가 몬스터를 가둔 물방울에 다시 자신의 마법을 구현했다.

이번에도 간단한 바람 원소 마법.

하지만 출입문에서 사용했던 마법과는 조금 달랐다.

바람이 날카로운 칼날이 된 듯 선명한 날이 눈에 보일 정도였고, 그날이 물방울에 닿자 물방울이 터지며 몬스터가 풀려났다.

"……."

자신이 가둔 몬스터가 갑자기 풀려나자 물 원소사 학생은 그제야 뒤를 돌아봤다.

"너흰 누구냐? 처음 보는 얼굴인데. 게다가 더블 캐스터들이네."

학생은 더블 캐스터를 평범하게 바라봤다.

아니, 저건 무시하는 말투였다.

더블 캐스터라고 해 봤자 오늘 막 입학한 새내기들이니 별로 강하지 않을 거라는 추측이라도 하고 있는 모양이었다.

"……너희?"

너희라는 말에 쿠로도 뒤를 돌아봤다.

자신 혼자 들어왔을 텐데, 왜 다수를 칭하는 단어가 나오는 건지 의아했을 터다.

쿠로와 난 눈이 마주쳤다.

"……뭐야? 너 어떻게 들어왔어?"

"뭘 어떻게 들어와? 네가 출입문을 뚫어 놨으니 뒤따라 들어왔지."

"……넌 안 날아갔다는 소리냐?"

"아, 그런 건 신경 쓰지 말고. 난 그냥 구경만 하러 왔으니까 하던 거 계속해. 정말 구경만 하러 왔어."

자신의 마법을 견뎠다는 사실에 꽤 충격을 받은 듯했다.

"별로 웃기지도 않는 것들이네. 뭐, 너희가 여기에 들어온 건 이걸 빼앗기 위함이겠지? 너희도 팀이냐?"

물 원소사 학생이 말했다.

난 고개를 저었다.

"그래? 그럼 개별 경쟁인가?"

그는 어느덧 물방울을 다시 구현하고 몬스터를 가뒀다.

그러곤 몬스터를 공중에 띄웠다.

"둘 다 신입생이라 내가 누군지 몰랐겠지? 그러니 이렇게 방해하러 오는 거고."

이상하리만치 학생의 말투가 당당했다.

설마 라믹 가문의 마법사라도 되는 걸까 하는 추측을 했다.

보통 저렇게 비정상적으로 당당한 학생들은 든든한 뒷배경인 가문이 있는 경우가 대부분이니까.

하지만 여기는 분교도 아니고 본교다.

재능을 보이면 바로 목숨 줄이 잘리는 그런 곳이다.

이런 곳에 가문의 마법사가 저렇게 활개 칠 리는 없다고 생각했다.

'아, 그건 또 아닌가. 에타르는 리비아랑 카비르가 타일런트에게 동조하고 있다고 했으니까…….'

정말인지 어떻게 돌아가는 건지 감을 잡을 수가 없다.

아무리 그 둘도 타락했기로서니, 자기 자식을 죽는 곳에 보냈을 리는 없다고 생각했다.

'아니면 혹시…….'

문득 스치는 생각 하나가 떠올랐을 때였다.

"네가 누군지 어떻게 알아? 오늘 막 입학했는데."

쿠로는 쓸데없는 소리를 그만하라는 투로 답했다.

"그렇다면 친절히 알려 주지. 곧 라믹 가문의 양자로 들어갈 몸이시다. 지금부터 잘 보이면 좋을 텐데? 게다가 넌 내 후배네?"

'역시, 양자 예정.'

그렇게 자신만만하던 태도에는 역시 이유가 있었다.

"별로 안 궁금해. 그리고 아까부터 선후배 따지는 놈들이 왜 이렇게 많아? 어차피 분교 1층에 있는 이상 다 같은 동급생 아닌가?"

쿠로가 반박하며 다시 바람 원소 마법을 구현해 공중에 있는 물방울을 터트리려 했다.

하지만 물 원소사 학생은 물방울의 위치를 슬쩍 옮기며 가볍게 피했다.

"더블 캐스터치곤 별로 대단한 것도 없네?"

"과연 그럴까."

어느덧 상황은 둘만의 싸움으로 바뀌었다.

쿠로는 어둠 원소를 마법을 구현했다.

대상은 물방울에 갇힌 몬스터.

물방울 표면에 검은색이 칠해지더니, 중력에 이끌리는 것처럼 무겁게 땅바닥으로 내려앉았다.

"어차피 목표는 네가 아니야. 난 저것만 내 손으로 처리하면 되거든."

쿠로가 말했다.

"그게 마음대로 될 것 같나?"

물 원소사 학생은 쿠로에게 물방울을 던졌다.

물방울은 공중에서 날아가다가, 쿠로의 바로 앞에서 터지며 한 줄기 파도로 변했다.

'역시 본교라 그런가, 다들 수준은 어느 정도 있네.'

내 전생의 6서클 학생과 비교하면 확실히 차이는 난다.

내가 그간 이런 차이를 실감할 수 없었던 건 에드 분교에서 5클래스까지만 다른 학생과 함께 생활했고, 그마저도 에드 분교는 학생 수가 상당히 적었기 때문이다.

결정적으로 에드 분교는 고의적으로 학생을 퇴학하던 곳이기에 다른 분교와 비교하면 상대적으로 실력이 뒤처질 것이다.

어차피 재능이 있는 학생은 일찍이 에타르의 표적이 되어 퇴학당해, 운 좋게 올라간 경우가 대부분일 테니까.

본교로 온 지금, 다른 분교의 학생을 보자 그 차이가 실감이 났다.

쿠로의 반격도 만만찮았다.

파도 한 줄기가 자신을 덮치려 할 때, 다시 칼날 같은 바람으로 그 파도를 전부 도륙 냈다.

그렇게 두 학생은 자존심이라도 건 듯한 사투를 벌였다.

"……."

하지만 어느 순간 난 두 학생의 싸움보다 검은 물방울에 갇힌 몬스터로 눈이 갔다.

쿠로의 어둠 원소와 학생의 물 원소가 이상하게 합해져 검은 물방울이 된 것이다.

어쩐지 그 속에 갇힌 몬스터가 홀로 집에 남아, 주인을 기다리는 강아지처럼 외롭고 쓸쓸하게 보일 지경이었다.

하필이면 생긴 것도 흉측하지만, 어쨌든 개라서 그런 기분이 더 든다.

'음…… 본래 이럴 생각은 없었지만, 저 둘이 신명나게 싸우는 지금이 기회인가.'

본교 학생들 수준만 가늠하고 돌아가려고 했는데, 지금은 너무나도 좋은 기회이지 않은가?

내가 고양이라면 눈앞에 생선이 먹기 좋게 가시가 전부 발려 있는 상태인 것이다.

이걸 마다할 이윤 없지.

나도 그 싸움에 끼기로 했다.

화르륵―!

난 불 원소를 이용해, 거대한 창으로 형상화했다.

불타는 창.

이것도 신체 단련을 하면서 재미 삼아 만든 마법이다.

그리고 그 창을 검은 물에 갇힌 몬스터를 향해 힘껏 던졌다.

근육도 많이 붙었겠다, 이런 데 쓰지 않으면 어디다 쓸까?

그렇게 내가 던진 창은 검은 물을 뚫고, 몬스터의 이마에 적중했다.

깨갱―!

몬스터의 외마디 비명을 끝으로 제단 활동은 완전히 끝났다.

그리고 그 직후.

[아르텔]
-포인트 : 1/50

내 모브가 작동하며 현재 가진 포인트를 알려 주었다.
'이런 식이구나.'
이건 분교와 달랐다.
애초에 1층을 졸업하기 위한 조건은 50포인트.
따라서 목표 달성형이다.
"······뭐야."
신명 나게 마법을 주고받으며 싸우던 둘은 제단 활동이 멈
추자 허망한 표정을 지었다.
그리고 동시에 나를 노려봤다.
"뭐? 어부지리 처음 봐?"
목표물은 먹기 좋게 놔두고 둘만 신나게 싸우는데, 어떻게
안 먹고 배기나.
엄밀히 말하면 내 잘못도 아니지 않은가?
동등한 조건에서, 서로 치열하게 경쟁해 몬스터를 먼저 쟁
취하는 사람이 이기는 싸움이다.
난 둘이 잠시 한눈판 사이에 몬스터만 쏙 빼먹은 거니 딱
히 잘못한 것도 없다.

"……이건 반칙 아닌가?"

쿠로의 말이었다.

"반칙? 제법 순진한 소리 다 하네. 그런 게 어디에 있어?"

이제 볼일 다 끝났으니, 쿠로를 무시하고 강당에서 나가려 할 때였다.

쿠로가 내게 마법을 시전했다.

바람과 어둠 원소를 섞은 속박 마법이었다.

"……뭐냐, 어차피 몬스터는 사라졌는데 지금 나한테 싸움 거는 이유가?"

"내 밥그릇을 뺏겼는데 조용히 돌려보낼 정도의 호구는 아니라서."

"그 말뜻은 해보자는 걸로 들리는데."

"귀는 멀쩡하네."

잠시 고민했다.

이걸 어떻게 넘어가야 할까 고민하는 것이다.

하지만 그런 고민을 할 필요가 없다는 걸 깨닫는 데에는 몇 초도 걸리지 않았다.

앞으로 본교 1층 생활을 하면서, 쿠로와 테슬라는 계속 마주칠 것이다.

다른 학생들은 무시할 수 있는 정도라지만, 이 둘은 적어도 더블 캐스터이기 때문에 변수의 학생들이라고 할 수 있다.

마침 상황이 이렇게 됐으니, 아예 넘보지도 못할 정도의 갭을 보여 주고 다시 도전할 의지까지 완전히 꺾어 버리는 것도 나쁘지 않다고 생각했다.

그게 앞으로도 편할 거니까.

동시에.

"그럼 그러든가."

"기대되는데, 불과 어둠의 더블 캐스터는 어떤지."

쿠로는 나를 전혀 무서워하지 않았다.

제 딴에는 이렇게 판단한 거겠지.

어차피 같은 서클이고, 같은 더블 캐스터니 전혀 밀릴 게 없다고.

쿠로는 검은 바람을 구현했다.

바람과 어둠 원소가 완벽히 뒤섞인 마법이다.

검은 바람은 내 몸을 감싸고, 움직이지 못하도록 단단히 고정했다.

'어차피 움직일 필요는 없으니까, 패스.'

과연 다음은 어떻게 공격해 올지 기대되었다.

나를 과녁처럼 한자리에 고정시킨 뒤 쿠로가 선보인 마법은 바람 원소였다.

그런데 마법에 특이한 것은 없었다.

아까 물 원소사 학생을 상대했던 것처럼 칼날과 같은 바람일 뿐이다.

'오호라, 그런 거구나.'

쿠로의 마법을 본 나는 그가 어떤 더블 캐스터인지 알 수 있었다.

본교에 막 도착했을 때, 테슬라도 그렇고 쿠로도 6클래스에서 갑자기 더블 캐스터가 됐다고 하지 않았던가.

헤이랑 비슷한 상황인 것이다.

그리고 쿠로가 원래 다루던 원소는 바람.

즉, 어둠 원소를 다룰 수 있게 된 지 얼마 되지 않아 완벽히 활용할 수 없다는 뜻이다.

그렇다면 미르네 분교에서도 상위권 성적을 가진 학생은 아닐 것이다.

그 말인즉슨.

더블 캐스터가 아니었다면 본교로 올 수 있는 학생이 아니라는 뜻이다.

"너, 원래 바람 원소만 다뤘지?"

"……."

내가 찔러보기 위해 물었다.

쿠로는 답이 없었지만, 얼굴에는 명백히 당혹감이 서려 있었다.

눈빛이 꼭, 어떻게 그걸 단번에 알았냐고 묻고 싶은 눈치였다.

"구현할 수 있는 마법도 많아 보이진 않는데."

"시끄러워."

"네가 믿는 재능은 오로지 더블 캐스터라는 재능밖에 없는 건가?"

"말이 쓸데없이 많은데."

절대 쓸데없는 게 아니다.

그리고 또 하나를 느꼈다.

쿠로는 기본이 부실하다.

그렇기에 내가 일부러 말을 거는 것이다.

전투 중에 말을 거는 것.

겉보기엔 그저 말 많은 마법사라고 보일지 모르겠지만, 사실은 정말 중요한 요소 중 하나다.

기본이 탄탄한 마법사일수록, 상대가 무슨 말을 하든 흔들리지 않고 구현하고 싶은 마법을 제대로 구현한다.

그런데 쿠로는 답을 할 때와 내가 말을 걸 때 마법이 조금씩 흐트러지는 것이 확실히 느껴졌다.

그 뜻은 평소에 아무도 없는 조용한 곳에서 마법을 연습했다는 뜻이다.

즉, 그는 연습한 환경과 다른 이곳에선 그 진가가 제대로 발휘되지 못하는 단점을 안고 있다.

'딱히 경계하지 않아도 되겠어.'

쿠로의 역량이 어느 정도인지 파악했으니, 이제 놀아 주는 것도 끝이다.

난 쿠로가 구현한 칼날 바람에 불 원소 마법을 구현했다.

"바람에 불? 무슨 생각이지?"

"불난 집에 부채질이라는 말 들어 봤지? 그거랑 똑같은 거야."

쿠로의 바람은 심지다.

내가 그런 바람에 불을 지핀 순간, 강당은 불바람에 휩싸였다.

마치 내가 바람과 불 원소를 결합해서 불바람을 만든 것처럼 보일 정도다.

내 불에 쉽게 먹힐 정도로 쿠로의 마력은 현재 나와 비교하면 한참이나 못 미친다는 뜻이기도 하다.

쿠로의 바람을 타고 완전히 퍼진 내 불길.

쿠로는 당황한 표정이 역력했다.

"분교에서 이건 안 배웠나 보네. 마력이 상대보다 약하면, 마법은 이렇게 쉽게 먹히지."

이제 쿠로의 바람은 완전히 내 것이 되었다.

난 그 불바람으로 쿠로를 공격했다.

칼날 바람으로 인해 교복이 찢기고, 피부에 상처를 내며 내 불이 상처 부위를 건드려 화상까지 입히는 형태가 되고야 말았다.

"……크흑."

"같은 더블 캐스터라고 구현하는 마법 수준도 같은 건 아니야. 공부 좀 열심히 해야겠네. 그리고 내 몸을 이렇게 묶어 두는 것도 의미가 없어."

그리고 몬스터를 처리했던 그 마법.

불타는 창을 구현하고 쿠로를 향해 던졌다.

"으악!"

날아오는 창에 겁을 먹은 쿠로는 팔로 얼굴을 감싸며 몸을 굽혔다.

그 순간, 날 속박하던 쿠로의 마법도 풀렸다.

콰앙-!

내가 던진 창은 쿠로의 뺨을 스치며 강당 벽에 꽂히곤 폭발했다.

일부러 쿠로의 몸을 노리진 않았다.

몬스터도 아닌데 굳이 죽일 이유는 없으니까.

하지만 쿠로는 여전히 겁을 먹어 바닥에 엎드린 채였다.

심지어 덜덜 떨기도 했다.

나는 그를 외면하고 방 한구석을 힐끔 보았다.

일찍이 왔던 물 원소사 학생은 이미 기절한 상황이었다.

굳이 더 할 말도 없으니, 난 그대로 강당을 나왔다.

"이거 어떻게 된 일이야?"

강당에 나오고 내 기숙사로 돌아가던 중, 나는 복도에서 밴시와 마주쳤다.

주위에 다른 학생이 많다 보니 반말로 묻는 중이다.

그리고 다른 학생들은 나를 신기한 눈초리로 살피고 있었다.

밴시는 자신의 모브를 보여 줬다.

[밴시]

-포인트 : 1/50

나와 밴시, 키에나, 헤이 전부 팀으로 활동한다고 하지 않았던가.

강당에서 몬스터를 처리한 그 순간, 나는 물론 팀원들의 포인트까지 올랐던 것이다.

"보는 대로. 아까 소란스러워서 학생들을 따라가 봤더니 강당에 1급 제단이 활성화됐더라고. 그거 처리했어."

"그럼 아까 막 뛰는 소리가 들렸던 게……?"

"어, 제단이 활성화되면 학생들 전부가 거기로 몰려가더라고."

"어땠어?"

"뭐가 어때? 몬스터를 말하는 거야?"

내 물음에 밴시는 고개를 끄덕였다.

나는 여유로운 표정으로 어깨를 으쓱였다.

"딱 생각한 대로. 아니, 생각보다는 쉽다고 해야 하나."

아무래도 주위에 학생이 많다 보니 애매모호하게 답했다.

하지만 적어도 밴시는 내가 한 답이 무슨 뜻인지 안다.

그녀는 내가 이미 예전에 사일러드의 몬스터와 숱하게 싸운 적이 있는 마법사라는 걸 이곳에서 유일하게 아는 사람이기 때문이다.

하지만 정말 밴시가 알고 싶었던 건 이것 같았다.

"나 혼자서도 가능할 정도?"

"음…… 그럴 것 같아. 1층에 있는 제단은 3급까지라며? 1층까진 혼자 충분히 가능할 것 같은데."

실제로 사일러드의 몬스터는 내가 알던 것과 달리 많이 약해진 상태였다.

따라서 지금 상태라면 밴시 혼자서도 1층에 있는 모든 제단을 잠재울 수 있다.

"방해꾼만 없다면."

"방해꾼……?"

하지만 문제가 바로 그 방해꾼들 아니겠는가.

제단이 활성화되면 어떻게 귀신같이 알아서 모든 학생이 해당 장소로 몰려가는 꼴이니, 아무리 밴시라고 해도 그런 학생들의 견제를 회피하며 제단을 차지하는 건 무리다.

게다가 결정적으로, 밴시도 나와 같은 사정을 가지고 있기에 플레우드임을 철저하게 숨겨야 한다.

플레우드라는 걸 드러내 놓고 생활한다면 학생 몇이 달려들어도 승산은 있겠지만, 더블 캐스터로 알려진 나와 달리 밴시는 불 원소 단일 원소사로 알려져 있다다.

게다가 나처럼 전직 대마법사도 아닌, 일반 마법사.

심지어 학생들과 전부 똑같은 서클.

아무리 밴시라고 하더라도 물량으로 치고 들어오면 막을 방법이 없다.

"무슨 뜻인지 나중에 알게 될 거야."

"그래도 다행이네, 몬스터가 그렇게 강하지 않다는 게. 1 층이라서 그런가?"

"그럴지도……."

현재 꼭대기에 갇힌 그의 힘이 많이 쇠약해졌다는 증거겠지.

'이러다가 갑자기 봉인석이 힘 전부를 흡수하면 곤란한데.'

문득 그런 걱정도 들었다.

본래 힘이라는 건 피와 비슷한 것이다.

흘리는 피도 일정량이 넘어가면, 분수처럼 치솟아 이내 과다 출혈로 죽게 되지 않던가?

그것과 똑같다고 볼 수 있다.

사일러드는 지금도 건재하지만, 힘은 많이 쇠약해졌다.

하지만 그게 일종의 촉진제가 되어 남아 있는 힘이 정말 하루아침에 전부 흡수될 수도 있다는 뜻이다.

내가 꼭대기를 지키고 있었을 때의 기억과 분교에서 포머에게 들은 것을 종합하면 평균 150년에 1할 5푼 정도가 흡수되었다.

하지만 오늘 처음 사일러드의 몬스터를 보고 안심할 수 없다는 생각을 가졌다.

이대로라면 몇 년도 걸리지 않아 사일러드는 힘을 전부 잃을 것이다.

그렇다면 타일런트가 사일러드의 힘을 전부 흡수할 날도 머지않았을 터.

어떻게든 빨리 꼭대기로 올라가는 게 급선무로 보였다.

"무슨 생각을 그렇게 해?"

"아, 아니야."

밴시는 주위 학생들의 눈치를 보다 내 손목을 덥석 잡았다.

"갑자기 왜 이래?"

"중요한 걸 묻고 싶은데 여기에선 못 물어보니까."

그리고 날 이끌고 도착한 곳은 그녀의 기숙사였다.

기숙사의 주인은 밴시인데 정작 그녀는 나를 먼저 안으로 밀어 넣고 주위 시선까지 철저하게 살핀 다음, 안으로 들어왔다.

"왜? 뭐가 묻고 싶은데?"

"아르키스 님은 알고 계시지 않을까 해서요."

주위에 아무도 없자 다시 제자의 말투다.

"뭐를?"

"아까 소란스러운 게 학생들이 제단으로 향하는 소리였다면서요?"

"응."

"그런데 전 뭐 특이한 기운을 느낀 게 없었거든요? 제단이 활동하려면 그 힘이 느껴져야 하는데, 전혀 그런 게 없었다고요. 아르키스 님은 그걸 느끼고 가신 건가요?"

"……."

밴시의 질문을 받은 순간 난 잠시 멍해졌다.

나도 그런 기운은 전혀 못 느꼈기 때문이다.

"표정이…… 왜 그러세요?"

"난 그냥 시끄러운 소리가 들려서 학생들을 따라간 건데……? 학생들 중 누가 제단이 활동됐다고 떠들어서."

"……예?"

기대했던 답과 달라서였을까?

밴시는 이게 무슨 소리냐는 표정을 지었다.

"그 말씀은…… 아르키스 님도 제단 활동을 감지할 수 없다는 뜻입니까……? 학생들은 하는데?"

"어…… 그러니까……."

밴시는 말똥한 눈초리로 이어질 내 답을 기다렸다.

"모르겠는데……."

밴시에게 솔직히 말했다.

아니, 더 정확히 말하면 감지하는 법이라는 게 없다고 보는 게 맞았다.

그래서 내가 모르는 것이다.

"예……? 아니, 꼭대기에서 봉인석을 지키던 분이 그걸 왜 몰라요?"

밴시는 믿을 수 없다는 눈치다.

"너 제단의 활동 원리를 모르지?"

"네, 알려 주신 적 없잖아요."

1차적으로 꼭대기에 있는 사일러드가 힘을 사용하면, 봉인석이 빛나며 힘을 흡수한다.

그 여파로 꼭대기 아래에 있는 제단이 그의 힘을 받아 제단이 활동을 시작해 몬스터를 내뱉는다는 걸 알려 줬다.

그래서 봉인석의 활동이 시작되면 난 제자들을 불러서 각 층의 제단을 찾아 잠재우도록 지시했다.

그렇게 내 제자들은 각 층에 있는 모든 시설물을 뒤지며 제단을 찾아 나섰고, 직접 처리했다.

이것이 내가 대마법사로 있었을 때의 제단 처리 방식이었다.

"……그럼 제단 활동 징조는 꼭대기에 있는 봉인석을 통해

서만 확인할 수 있다는 건가요?"

"맞아."

"그런데 학생들은 어떻게 알고 제단이 있는 곳으로 몰려갔을까요?"

"그러게……."

이건 나도 알 수 없었다.

나도 감지할 수 없는 걸 학생들이 도대체 무슨 수로 감지할 수 있었던 것일까?

"혹시 활동을 감지하는 모브 같은 게 본교 여기저기에 퍼져 있는 게 아닐까요?"

밴시가 추측했다.

하지만 기억을 뒤져 봐도 그런 모브는 본교에 없다는 것을 알 수 있었다.

이유는 간단하다.

감지용 모브가 있다면, 그건 불특정 다수를 위한 장치다.

즉 제단 활동이 감지되면 시끄러운 소리를 내든지 불안정하게 진동하든지, 다수를 위한 알림이 발생한다.

하지만 학생들이 몰려가기 전에는 그런 시끄러운 소리도, 진동도 전혀 없었다.

"흐음…… 이상하네요. 어떻게 대마법사도 모르는 걸 학생들이 알고 있지? 아무리 시대가 발전했다고 해도 절대 불가능할 것 같은데."

나도 궁금하다.

그리고 그 의문을 풀고 싶었다.

도대체 고작 6서클에 지나지 않는 이 학생들은 어떻게 제단을 곧장 찾아낸 것인지.

"아 참. 아까 말씀하신 방해꾼들은 뭡니까?"

밴시는 다른 것을 물었다.

"그건 케린한테 들어서 알잖아, 60 대 6의 경쟁을 뚫고 제단을 차지해야 한다고."

"……그럼 그렇게 떼처럼 몰려가던 학생이 고작 1급 제단 하나를 차지하기 위해 간 거였습니까?"

"응."

"……생각보다 힘든데요?"

밴시가 힘들다고 생각한 이유는 자신이 그 떼로 몰려든 학생 전부를 상대할 여력이 없다고 판단했기 때문이다.

사용할 수 있는 원소도 불밖에 없고, 학생들 평균도 제법 높은 편이니 확실히 무리다.

"일단, 그건 차차 생각하기로 하고. 마침 만난 김에 하나 조사나 하자."

"무슨 조사요?"

"제단 위치. 여섯 개 있다고 했잖아. 일단 강당에 하나 있는 건 내가 갔다 와서 아는데, 그거 1급이거든? 우린 3급 제단을 차지해야지."

"역시, 이번에도 단기간으로 6층까지 향할 생각이시죠?"

난 고개를 끄덕였다.

그러나 밴시의 표정은 불편했다.

"왜 그런 표정을 짓냐?"

"그냥…… 빨리 버려질 수도 있다고 생각해서?"

분교에서 내가 한 말을 아직도 담아 두고 있었구나.

하지만 그렇다고 무를 생각은 없다.

엄연한 사실이니까.

"버려질 생각 말고 살아남을 생각을 해라. 알았냐?"

"……네."

"자, 가자."

"키에나랑 헤이는요? 안 부르실 건가요?"

"나중에 부르지, 뭐. 이건 우리 둘로 충분히 가능하잖아."

"하긴, 그렇습니다."

"활동 개시. 제단을 찾을 때마다 서로의 모브로 연락하자고. 그리고 다 찾으면 다시 여기로 모일까?"

"그러죠."

그렇게 나는 밴시와 함께 제단 찾기에 나섰다.

약 4시간 후.

나와 밴시는 밴시의 기숙사에 다시 모였다.

"본교가 분교보다 훨씬 넓네요. 그래서 찾는 데 애먹긴 했지만……."

이게 시간이 그렇게 오래 걸린 이유였다.

그리고 우린 제단의 위치를 전부 찾았다.

동시에 난 1층 천장과 벽 곳곳도 함께 살폈다.

바로 타일런트가 학생을 감시하기 위해 모브라도 설치했는지 살펴보기 위함이었다.

다행스럽다고 말을 해야 할까?

감시용 모브는 어디에도 없었다.

아마도 어차피 본교는 자신만의 세상이고, 이곳에 있는 교수도 전부 드라코 가문 마법사이니 굳이 모브까지 설치할 필요는 없다고 판단한 모양이다.

그리고 전부 파악한 제단의 위치는…….

1급 제단은 강당과 식당.

솔직히 식당에도 제단이 있는 걸 보고 조금은 놀랐다.

전생에서 제단의 위치는 늘 바뀌었다.

하지만 지금 시대에선 포머에게도 들은 적이 있지 않던가?

타일런트는 공격적으로 제단에 대해 연구했고, 복제하는 법까지 터득했다고 한다.

그러니 제단의 위치를 고정하는 것도 그리 어렵지 않았을 것이다.

그리고 2급 제단은 도서관 구석, 복도 구석.

3급 제단은 폐쇄된 교실 두 곳에 있었다.

제단을 찾으면서 궁금증도 하나 풀렸다.

바로 학생들이 어떻게 제단 활동을 감지하고 떼로 몰려들었는지였다.

방식이 너무 원시적이라 헛웃음이 나올 지경이었다.

총 여섯 개의 제단들.

그 각각의 제단에 학생들이 한 명씩 모브를 활성화한 채로 상주해 있었다.

즉, 학생 한 명이 제단을 지키고, 제단 활동이 시작되면 모브로 알려 주는 방식이었던 것이다.

그렇다고 한 명이 24시간 내내 지킬 순 없으니 교대로 돌아가면서 지키는 중인 게 분명했다.

케린이 말한, 제단을 차지한 학생이 바로 그런 종류로 보였다.

밴시도 제단을 찾으면서 그런 광경을 전부 목격했다.

"역시 본교는 팀으로 활동하는 게 훨씬 수월하겠네요."

"자, 그럼 이제 활동은 정해졌지?"

"무슨 활동요?"

"3급 제단을 하나 빼앗아야지."

"아."

제단의 위치도 알았고, 학생들이 어떻게 제단 활동을 감지했는지도 알았으니 우리도 바로 활동을 시작하면 된다.

시간이 없으니 속전속결이 답이다.

"그런데 제단 활동 주기가 그렇게 잦은 건 아니라면서요? 만약 3급 제단 하나를 빼앗았는데 도리어 1급이랑 2급 제단만 활동이 활발하면 어떡하죠?"

밴시는 조금 현실적인 부분을 지적했다.

"음…… 그러게. 그땐 어떡하지?"

하필이면 제단도 서로의 위치가 상당히 멀다.

즉, 하나의 제단을 차지했다고 해도 밴시의 말처럼 다른 제단이 활동해 버리면 그건 버리는 셈이 된다.

"가능하면 모든 제단을 차지하는 게 좋겠지만……. 아. 좋은 방법 있네?"

"무슨 방법요?"

"내가 누구지?"

"아르키스 님요."

"그 아르키스가 원래 뭐였는데?"

"……대마법사?"

"바로 그거야. 따라와. 어떻게 하는지 보여 줄게."

난 다시 밴시를 데리고 기숙사를 나섰다.

제1목표는 폐쇄된 교실에 있는 3급 제단이었다.

3급 제단이 있는 폐쇄된 교실에 들어섰을 때였다.

제단을 지키고 있는 학생은 라믹 분교 출신의 빛 원소사.

나이가 제법 있어 보였다.

"또 왜 왔지?"

그가 우리에게 물었다.

"뭐, 제단에 온 거면 목적이 뻔하지 않을까?"

"이 제단을 뺏으려고?"

굳이 말로 답할 필요가 있을까?

난 고개만 끄덕였다.

그러자 그는 흥미롭다는 눈초리를 보였다.

"더블 캐스터 신입생이 많다고 들었는데, 네가 그중 하나 구나?"

더블 캐스터라는 사실에도 그는 그다지 주눅이 든 모습을 보이지 않았다.

그만큼 오랜 기간 다른 학생들을 상대해 왔기에 상대가 얼마나 강하든, 경험을 토대로 극복할 수 있다는 자신감에 차 있는 것이다.

"색을 보아하니…… 불이랑 어둠. 뭐, 해볼 만하겠는데? 적어도 난 어둠 원소 상성인 빛 원소사니까."

뭔가 단단히 잘못 알고 있는 건 확실하다.

빛 원소와 어둠 원소는 서로 상성이랄 게 없다.

그저 5 대 5로 동등한 위치일 뿐이다.

뭐, 그의 출신인 라믹 분교에서는 그렇게 가르쳤을지도 모른다.

"뭐, 쓸데없이 대화나 하려고 온 건 아니니까. 꺼내 보시지, 네 마법."

"당돌한 신입생. 좋아, 마음에 들어."

그는 빛 원소 구체 여섯 개를 구현했다.

반딧불처럼 작디작은 여섯 개의 구체.

그런데 각각 구체가 정말 반딧불이가 된 것처럼, 작은 날개가 솟아났다.

'이건…… 제법 신기한데?'

나도 처음 보는 형태의 마법이다.

정확히 그 마법을 뭐라고 표현해야 할지 모를 정도다.

생긴 건 반딧불이지만, 날아다니는 속도는 상당히 빨랐다.

하늘의 맹수라 불리는 독수리보다도 빠른 속도였다.

눈으로 제대로 좇을 수 있는 정도가 아니었다.

여섯 개의 날개가 달린 구체는 정신 사납게 빠른 속도로 이리저리 날아다니며, 내게 광선을 쏘아 댔다.

난 날아오는 광선을 작은 화염 장막으로 전부 막았다.

움직임은 눈으로 좇기 힘들지만, 적어도 내게 날아오는 광선은 쉽게 파악할 수 있다는 단점 때문에 막는 건 어렵지 않

있다.

"꽤 좋아 보이는 마법이네?"

"그렇지? 이게 본교의 수준이거든. 오늘 처음 와서 모르겠지만."

또 뭔가 착각을 하는 중이다.

역시, 빛 원소사의 그 성향은 어디로 가지 않는 것일까?

내가 좋아 보인다고 한 것은 마법이 강해 보인다는 뜻이 아니다.

화르륵―!

난 바로 불타는 창을 구현했다.

재미 삼아 만든 마법이기에 별도의 이름은 붙이지 않았다.

그리고 창을 던지는 자세를 잡으며 말했다.

"아니, 맞힐 맛이 난다는 뜻이야. 강하다는 게 아니라."

에드 분교에서 1년 내내 몸을 키운 이유가 단순히 비전력 때문이었지만, 막상 본교에 오니 그 활용 범위가 상당히 다양했다.

그리고 난 이 불타는 창 마법에 재미가 들리기도 했다.

날개 달린 빛 구체의 동선을 예측해 창을 던지자, 정확히 명중했고 구체는 그대로 소멸했다.

"……."

그렇게 여섯 개의 날개 달린 구체를 소멸하는 데에는 그리 오래 걸리지 않았다.

허망한 표정을 짓은 학생.

"이런, 내가 너무 얕본 건가. 나도 그렇다면 전력으로 가야겠지?"

비장한 한마디를 끝으로 다시 마법을 구현했다.

하지만 마법은 똑같다.

날개 달린 빛 구체. 그것이 전부였다.

다만, 차이가 딱 하나 있다면 그것은 물량의 차이였다.

이전엔 여섯 개였지만 지금은 눈대중으로 파악했을 때 약 서른 개다.

"이걸 전부 그 창으로 맞힐 수 있을까? 아니, 맞히기 전에 네가 끝날 것 같은데."

학생이 가볍게 손짓하자 서른 개의 빛 구체가 박쥐 떼처럼 달려들었다.

그리고 소나기처럼 쏟아 내는 광선들.

확실히 일일이 창으로 맞히기엔 불가능했다.

그렇다는 것은 안 던지면 그만이라는 뜻이다.

난 불타는 창 하나를 새로 구현하고, 땅에 꽂았다.

그러자 땅에 꽂힌 창은 꽃잎처럼 퍼져 나갔다.

마치 거대한 화염 꽃이 교실 안에 핀 것과 같은 모습이다.

완전히 개화한 화염 꽃잎을 바람개비처럼 돌리자, 서른 개의 구체가 쏟아 내는 광선은 내 몸에 닿기도 전에 전부 소멸했다.

돌아가면서, 화염 줄기도 파쇄되었다.

그 여파로 인해 학생이 구현한 구체는 전부 사라졌다.

"이 정도면 자리를 내줄 만하지 않아?"

"……."

"나가라. 네가 진정한 마법사라면 상대의 마법에 전부 막힌 걸 패배로 인정해야지."

하지만 학생은 인정하기 싫은 눈치였다.

"유감이네."

그렇다면 직접 끌어내는 게 정답 아니겠는가.

오른손을 학생을 향해 쭉 뻗었다.

내 손짓을 따라 거대한 불타는 손이 생성되었다.

그대로 학생의 몸을 잡고 곧바로 교실 밖으로 날려 버렸다.

"자, 3급 제단 하나 확보. 어때, 쉽지?"

"참…… 쉽네요."

밴시는 헛웃음을 치며 답했다.

그게 어디를 봐서 쉬운 거냐는 뜻이 분명하다.

"근데 이걸 어떻게 지키게요?"

"잘 봐."

난 불 원소를 이용해 하나의 거대한 구체를 형성했다.

예전에 1클래스에서, 밴시에게 링킹을 연결해 메테오에 버금가는 구체를 구현했을 때와 비슷한 크기다.

그리고 손으로 직접 만져 구체를 성형하기 시작했다.

빵을 만들 때 반죽을 손으로 주물러 모양을 잡는 과정과 똑같은 것이다.

뭉툭한 두 다리를 만들고, 머리와 팔, 손가락까지.

그렇게 전부 만든 뒤에 다시 마나를 주입했다.

마치 생명을 불어 넣는 것과 같은 원리였다.

물론 이건 단순히 비유적인 표현일 뿐, 진짜로 생명을 불어 넣는 건 아니다.

성형까지 마치고, 내가 만든 마법은 완전한 형체를 갖췄다.

교실 천장까지 닿을 정도의 불타는 사람과 비슷하게 생긴 것.

딱 그 정도라고 볼 수 있다.

"……이거 설마, 정령 마법인가요?"

마법의 정체를 본 밴시가 물었다.

"아니, 정령 마법은 아니야. 나 정령 마법 못 써. 이 마법은 둠 리포졸(Doom Reposal)이라고 불리지."

정령 마법은 마법 사회에서 존재하지 않는 마법이라고 정의했기 때문이다.

정령도 하나의 생명체이기 때문에 소환사가 다룰 수 있다는 이론이 있지만, 문제는 정령은 또 원소사처럼 고유 원소를 가진다는 것이다.

그래서 이론상으론 원소사와 소환사인 더블 캐스터만이 사용 가능한데, 그 조건에 부합하는 사일러드도 정령 마법을 사용한 적이 없다.

　그래서 존재하지 않는 마법이 되어 버린 거다.

　마법 사회 유일의 소환과 원소의 더블 캐스터도 사용하지 못했으니까.

　정령 마법은 고대의 책에서 연구된 적이 있고, 이런 마법일 것이라고 추측이 난무하기만 한 마법이 된 것이다.

　"뜻을 해석하자면…… 목숨을 걸고 맡긴다? 파멸할 때까지 맡긴다?"

　"어느 쪽이든 비슷하지. 이건 생명체가 아니라고 했잖아. 모브 같은 기계와 똑같다 보면 돼. 주입한 마나가 고갈되거나 누군가에 의해 파괴당하기 전까진 계속 이 자리를 지키지. 경비 담당 피조물 마법이야."

　내 설명에도 밴시는 여전히 아리송한 반응을 보였다.

　"뭐 설명하자면 정령은 아닌, 움직이는 차단 마법이니까. 일반 차단 마법보다 상위 마법이라고 쳐야지?"

　"기존의…… 차단 마법은……."

　밴시는 그 대목을 곱씹으며 상상했다.

　"보통 출입문과 같이 정해진 구역을 막는 용도가 다지."

　"그렇죠."

　"그런데 애는 움직일 수 있어. 여기에 들어오는 학생은 물론 제단에서 만일 몬스터가 소환되면 내가 이 자리에 올 때까지 직접 상대하며 시간을 버는 용도지. 아, 1층 제단 몬스터쯤은 혼자서도 처리하겠네."

"말로만 들으면 대단한 마법 같은데요?"

"실제로 성능도 대단해. 한번 시험해 볼래?"

"네."

"준비됐어? 이 둠 리포졸이 너도 적으로 인식할 건데."

밴시는 잠시 심호흡을 하고 답했다.

"됐습니다."

"그래, 너도 직접 겪어 보는 게 좋을 거니까."

내 말이 끝나기가 무섭게 둠 리포졸은 밴시를 보자마자 거대한 두 팔을 밴시를 향해 찍었다.

"우왁!"

깜짝 놀란 밴시는 날렵한 몸놀림으로 공격을 피하고 거리를 벌렸다.

에드 분교에서, 나와 함께 신체 단련을 한 효과가 제대로 발휘되는 중이다.

이전에는 몸을 전혀 움직이지 않았는데 지금은 저렇게 무의식적으로도 튀어나오는 걸 보니 말이다.

하지만 둠 리포졸의 공격은 거기에서 끝이 아니다.

둠 리포졸의 팔이 땅에 닿자마자 불길이 생겨났고, 곧장 밴시에게 향했다.

밴시는 워낙 급했는지, 플레우드 마법을 사용해 무력화했다.

"……."

그리고 당황한 기색이 역력하다.

둠 리포졸은 공격을 쉬지 않았다.

이젠 공중으로 튀어 올라, 밴시를 깔아뭉개 터트릴 생각으로 낙하했다.

움직임은 거대한 침팬지와 똑같았다.

"그…… 그만! 그만!"

결국, 밴시는 항복을 선언하고 말았다.

그 짧은 사이에 쉬지도 않고 연속으로 공격하니 플레우드인 밴시도 당해 낼 수 없었던 것이다.

난 거기에서 둠 리포졸에게 밴시도 아군이라는 걸 다시 이식했다.

"정말 예전부터 느꼈는데…… 구현하는 마법이 어떻게 죄다 이렇게 사기적입니까?"

"대마법사 자리는 놀면서 딴 줄 아냐?"

"확실히 이 마법이 있으면…… 자리를 비워도 괜찮겠네요?"

"응. 그리고 누가 공격하면 시전자인 난 느낄 수 있으니까 이곳으로 오면 끝. 어때, 간단하지 않아?"

"네, 아르키스 님만 할 수 있는 아주 간단한 방법이네요."

은근히 가시가 들어 있는 듯한 답이다.

"그런데 이걸 여섯 개나 구현할 수 있습니까? 딱 봐도 엄청난 마력이 들어가는 마법 같은데."

"응, 당연히 못 하지. 이 정도 수준으로 여섯 개나 구현할 줄 알았으면 내가 제자 놈한테 죽지도 않았겠지."

갑자기 밴시의 표정이 변했다.

미간을 찌푸리는 게 이게 무슨 말장난인가, 하는 반응이다.

"……아깐 할 수 있는 것처럼 말씀하셨잖아요?"

"내가 언제?"

"아까…… 따라오라고, 보여 준다고."

"보여 줬잖아? 둠 리포졸."

"……지금 장난치시는 거 아니죠?"

"내가 너한테 장난을 뭐 하러 치는데?"

"그럼 나머지 다섯 개 제단은 어찌시려고요?"

"1급이랑 2급 제단은 버리고 3급 제단만 먹게. 다른 3급 제단 하나는 우리 넷이서 돌아가면서 지키면 되지 않을까? 다른 학생들이 하는 것처럼."

마음 같아선 나도 여섯 개 제단 전부를 차지하고 싶다.

하지만 그건 현실적으로 불가능하니, 차지할 수 있는 개수가 정해져 있다면 가장 효율이 좋은 걸 택하는 게 당연한 선택 아니겠는가.

그래서 난 3급 제단 두 개를 택한 것이다.

3급 제단은 잠재우기만 하면 5포인트.

그리고 오늘 얻은 포인트는 고작 1.

앞으로 49포인트가 남았으니, 3급 제단 열 번을 처리해야 다음 층으로 향할 수 있었다.

"자, 이번에는 키에나랑 헤이도 부르자. 어차피 설명을 들어야 하니까."

"네, 그러시죠."

난 모브로 키에나와 헤이를 불렀다.

내가 차지한 교실로 온 키에나와 헤이.

들어오자마자 둘은 내 둠 리포졸을 보고 감탄을 금치 못했다.

"우와, 이게 아르텔 네가 구현한 마법이라는 거지? 되게 멋있다……."

키에나는 마치 둠 리포졸이 신물이라도 되는 듯이, 가까이 다가가 화염을 어루만졌다.

둠 리포졸은 아군이 만졌을 땐 아무런 열기도 느껴지지 않는다.

따라서 키에나가 저렇게 만져도 위험한 건 없었다.

"너는 어떻게 된 게 마법을 이렇게 뚝딱 만드냐? 비결이 뭐야?"

헤이가 물었다.

"원래 있는 마법이야. 예전에 어느 책에서 본 기억이 있어서. 아무튼, 너희를 여기로 부른 건 앞으로의 생활 때문에야. 그것 좀 알려 주려고."

그렇게 난 3급 제단 하나를 더 차지하고, 우리 넷이 번갈아 가면서 지킬 계획을 전했다.

다들 반응은 긍정적이었다.

어차피 본교는 수업도 없고, 에드 분교 5클래스에서 했던 것처럼 24시간이 자유 시간이다.

그 24시간을 4로 나누면 6시간.

그러니 하루에 6시간씩 네 명이 돌아가며 지키느냐, 아니면 6시간을 다시 2시간으로 쪼개서 하루에 한 명이 3회씩 돌아가며 지킬 것이냐를 두고 논의하기 시작했다.

결국, 최종적으로 선택된 건 하루에 6시간씩 돌아가며 지키는 것이었다.

"자, 얘기가 끝났으니 다음 3급 제단으로 가자. 저기 옆에 있는 교실 있지? 거기에 있더라."

내가 학생들을 이끌고 3급 제단이 있는 곳으로 향하려던 그때였다.

쿵!

갑자기 들린 무언가가 떨어지는 소리.

제단에서 난 소리다.

동시에 나를 포함한 모두가 발걸음을 멈추고 뒤를 돌아봤다.

제단이 갑자기 활동하기 시작한 것이었다.

'이상한데. 이렇게 자주 활동한 적은…… 없는데?'

⚘

같은 시각, 꼭대기.

타일런트는 심각한 표정으로 봉인석을 지켜보고 있었다.

바로 봉인석이 유독 밝게 빛나는 중이었기 때문이다.

그가 꼭대기에서 이 봉인석을 지킨 게 어언 300년.

그 긴 생활 속에서 본 적 없는, 오늘 처음 보는 현상이 나타난 것이다.

"보름달이시여……."

덩달아 문지기도 긴장된 자세로 타일런트를 살폈다.

"봉인석이 왜 오늘 유독 자주 활동하는 것일까?"

하루에 두 번이나 활동한 적은 없었다.

"뭐, 상관없나. 어차피 사일러드가 저 안에서 발악하면 할수록, 봉인석은 그의 힘을 더 빨리 흡수하니까."

실제로 지금 봉인석의 검은색 비율은 벌써 8할을 넘어섰다.

정확하게 계산하자면 8할 1푼 정도는 되어 보였다.

이렇게 눈에 보이게 차오른 적은 그가 꼭대기에 있는 동안 단언컨대, 단 한 번도 없었다.

"성배는? 착실하게 만들고 있겠지?"

"물론입니다. 문제가 조금 있지만요……."

타일런트는 미간을 찌푸렸다.

"결국, 그게 문제가 된 건가?"

가렌트도 검사 학교 꼭대기에 나왔다.

그도 8할을 뚫어 버린 봉인석을 보곤 지끈거리는 머리를 쥐어뜯었다.

"갑자기…… 속도가 빨라졌네?"

"네…… 원인은 알 수 없습니다. 봉인석이 왜 이렇게 자주 활동하는 것인지……."

그나마 다행이라고 한다면, 봉인석이 활동한다고 해서 검사 학교에까지 몬스터가 소환되진 않는다는 것이다.

봉인석 활동 영역이 닿는 곳은 순전히 마법 학교에만 국한되어 있었다.

따라서 봉인석이 얼마나 자주 활동하건 검사들에겐 중요하지 않다고 볼 수 있지만, 가렌트에게는 그렇지 않았다.

이미 이전에 검은색 비율이 8할을 넘긴다면, 그때가 마법사들과의 전면전의 시작이라고 생각한 적이 있기 때문이다.

그런데 또 작년부터였을까?

밑의 세계에 있는 마법사의 거리에서 더는 마법사들과의 전투가 일어나지 않았다.

봉인석은 사일러드의 힘을 거의 다 흡수해 가는데 도리어 조용한 마법사들.

이 어울리지 않은 현상을 보고 있자니, 가렌트의 머리도 터져 나갈 것만 같았다.

"밑의 세계는…… 어떤가요?"

"평화로워, 아직은. 그런데 봉인석이 이 모양이니……. 대마법사한테 연락 온 거 없어?"

"네, 전에 영역을 나누자는 합의 이후로는 어떠한 연락도 일절 오지 않았습니다."

"도무지 마법사들은 무슨 생각을 가지고 사는지 모르겠다니까."

"일단, 우리는 지켜보는 수밖에 없지 않습니까? 우리가 만든 것도 아니니, 원인을 알 수 없으니까요."

"그래, 나도 혹시 모르니 밑의 세계로 가 있는다."

"네, 특이 사항이 생기면 가렌트 님께 전하겠습니다."

"그래."

그렇게 가렌트는 불안한 마음을 안고 밑의 세계로 향했다.

밑의 세계는 평화롭기만을 바라면서.

❦

3급 제단에서 나온 몬스터의 정체는 모습이 괴이하게 변한 거대하고 검은 페가수스.

하지만 눈으로 제대로 마주하기 힘들 정도로 흉측한 모습이다.

눈 한쪽이 당장이라도 떨어질 듯 대롱대롱 매달린 상태고, 몸 여기저기에선 뼈가 송곳처럼 살가죽을 뚫고 나와 피를 뚝뚝 흘렸다.

'도대체…… 사일러드가 어떤 상태이기에 소환하는 게 다 저 모양이야?'

이 정도라면 사일러드가 완전히 폐인이 되었다고 보는 게 맞다.

본래 사일러드의 몬스터가 전부 흉측한 모습을 하긴 했지만, 정확히 따지면 흉측하다기보단 무서운 모습이라고 봐야 했다.

하지만 지금 마주한 몬스터는 그런 공포는 느껴지지 않는, 곧 맥없이 쓰러질 것만 같은 사체나 다름없는 모습이다.

"으윽…… 저게 뭐야……? 생긴 건…… 내 페가수스랑 똑같은데……."

소환사인 키에나가 몬스터를 보고 경기를 일으켰다.

난생처음 보는 흉측한 모습에 그만 비위가 상해서 헛구역질을 해 댔다.

제단이 토해 낸 몬스터는 페가수스 세 마리.

역시, 고작 2등급 차이인데도 난이도는 확실히 올라가는 것 같다.

제단에서 나온 페가수스는 내 둠 리포졸을 보자마자 적대심을 보였다.

그리고 페가수스가 둠 리포졸을 공격한 그 순간, 난 둠 리포졸을 소멸시켰다.

"……왜 갑자기?"

밴시가 물었다.

"뭐, 앞으로 다 나 혼자 상대하는 거보다 너희들이 경험을 쌓는 게 낫지 않겠나 싶어서."

그 말대로다.

어차피 이 교실에 있는 제단은 이미 우리가 차지했으니 괜찮다.

하지만 다음에 차지할 제단은?

네 명이 6시간씩 돌아가면서 지켜야 하기 때문에 다시 자리를 빼앗으러 오는 학생들도 제압해야 하고, 또 그 틈에 제단이 다시 활동이라도 한다면 혼자서 잠재울 줄도 알아야 한다.

그나마 여기가 1층이고, 최대 제단이 3급이니 가능할 것이다.

따라서 애써 차지한 제단이고, 마침 활동을 시작해 페가수스까지 세 마리나 뱉어 내 주셨으니 난 자리를 비울 생각이다.

"아…… 그런 뜻이구나."

밴시는 곧장 내 뜻을 알아들었다.

"알았어. 나가 있어, 우리끼리 할 테니까."

"뭐, 하다가 정 안 되겠다 싶으면 나 부르고."

"고작 3급인데? 3서클 수준이라며. 우리를 너무 무시하네."

역포식

밴시는 그렇게 내 등을 밀며 교실 밖으로 내보냈다.
그리고 문을 굳게 닫고, 안으로 들어갔다.
그렇게 난 혼자서 교실 문을 지키게 되었다.

"다 됐어."
"……벌써?"
내가 교실 밖에서 혼자 있기 시작한 지 5분도 지나지 않았
을 때였다.
밴시가 고개를 빼꼼 내밀며 아무렇지도 않게 말했다.

난 혹시 모를 다른 학생들의 방해를 차단하기 위해 밖에 있었는데…….

그런 노력이 무색할 정도로 빨리 끝났다.

얼마나 빨리 끝났으면, 우리가 차지한 제단이 활동을 시작한 것을 다른 학생이 알아차리기도 전에 끝나 버려서 구름같이 몰려드는 학생이 아예 없었을 정도다.

"그렇게 못 믿겠으면 포인트를 확인해 보든가."

[아르텔]
─포인트 : 6/50

정말로 깔끔하게 끝이 난 모습이다.

"……생각보다 빠르네."

"아직은 3급이라서 그런 것 같은데. 나랑 헤이는 가만히 있었어. 키에나가 알아서 다 처리했지."

"……그래?"

"응."

하긴, 어쨌든 제단에서 나오는 몬스터의 근본은 신물이다.

고작 3서클 수준의 신물.

그렇다 보니 역량이 많이 오른 키에나 혼자 처리하는 건 일도 아니었을지도 모른다.

난 밴시와 함께 교실로 들어갔다.

"수고했어, 키에나."

"이 상태로 계속 제단을 잠재우면 다음 층으로 갈 수 있다는 거지?"

"응. 어때, 직접 해 보니까?"

"아직은 쉬워. 그런데……."

갑자기 키에나의 표정이 침울하게 변했다.

"왜 그래?"

"아니, 그 흉측한 페가수스가 어딘가 슬픈 기분이 들더라고……."

역시, 그렇게 되는 건가.

이로써 낙인을 찍어도 될 정도다.

사일러드와 연관이 있고, 어쩌면 키에나는 사일러드의 딸일지도 모른다는 그 가설.

제단이 뱉어 내는 몬스터는 사일러드의 신물.

그런 신물이 소멸할 때 연민을 느꼈다는 게 보다 확실한 증거다.

"어, 키에나 너도? 나도 그랬는데……."

심지어 헤이까지 같은 기분이었다니.

동시에 나와 밴시의 표정은 굳어졌다.

그런 기분을 느낀 게 어떤 것을 뜻하는지 알기 때문이다.

"가슴이 막 시큰시큰하고 그랬지?"

"응……."

헤이가 물었다.

시큰시큰하다는 게 정확히 무슨 뜻인지 모르겠지만 텔레파시라도 통하는지, 키에나는 곧장 이해하며 고개를 끄덕였다.

그저 눈치껏 가슴이 아픈 그 감정을 말하는 게 아닐까, 추측할 뿐이다.

하지만 이건 불필요한 대화다.

굳이 오래 지속할 필요가 없다는 뜻이다.

"자, 아무렴 어때. 우린 위층으로 올라가는 게 우선 아닌가?"

내가 중간에 끼어들어 상황을 주도했다.

"그렇지."

내 말에 둘 다 방금 겪었던 그 불쾌한 기분을 털어 낸 모습이었다.

"가자, 다음 교실로."

우리의 목표는 다음 3급 제단.

우리는 당당하게 발걸음을 옮겼다.

그렇게 도착한 또 하나의 폐쇄된 교실.

들어가기 전, 난 한 가지를 말했다.

"이번에는 너희 셋이 제단을 빼앗아 보는 게 어때?"

"그것도 혹시 앞날을 위해서?"

밴시가 물었다.

난 고개를 끄덕이며 '맞아.'라고 답하며 설명했다.

"생각해 봐. 앞으로 6시간씩 돌아가면서 제단을 지킬 텐데, 혼자서 나머지 학생들도 막아 낼 줄 알아야지. 내가 24시간 옆을 지켜 줄 순 없으니까."

"그건 그렇지."

밴시는 동감하며 고개를 끄덕였다.

그것은 곧 그 정도는 자신감이 있다는 소리기도 했다.

난 키에나와 헤이를 쳐다봤다.

"둘의 생각은 어떤가?"

"음, 난 괜찮을 것 같아! 본교 학생 수준이 어떤지는 모르지만."

헤이의 답이다.

"키에나 넌?"

"나도 괜찮아. 언제까지 아르텔을 피곤하게 할 순 없지!"

자신의 의욕보다는 내 컨디션을 먼저 생각하는 답이었다.

"자, 그럼 결정됐네. 안으로 들어가자."

본교 1층의 과제.

50포인트 쌓기.

제단 그 자체는 1층이기 때문에 난이도가 높지 않다.

가장 높은 제단이라고 해 봤자 고작 3급이고, 그것은 곧 3서클 마법사를 의미하는 것이니까.

하지만 정말 이 과제가 어려운 이유는 바로 주위에서 몰려드는 하이에나 떼 때문.

수요와 공급의 밸런스가 완벽히 무너진 본교 상황이기에, 학생들은 활동하는 제단이 몇 급인지 상관하지 않고 일단 활동만 한다면 전부 떼로 달려들고 본다.

따라서 가장 큰 난관은 제단 그 자체가 아닌 같은 층에 있는 학생들이라고 볼 수 있다.

아직 내게 위협적인 학생은 없었지만, 키에나나 밴시, 헤이까지 이 셋이 당해 낼 수 없는 학생도 존재할지 모른다.

1급 제단이 활동할 때 다른 학생들의 모습도 슬쩍 확인할 수 있었는데, 전부 나이가 꽤 들어 있다.

10대 중반의 모습을 한 학생은 현재 이 층에서 나, 키에나, 밴시, 헤이, 그리고 두 명의 더블 캐스터인 쿠로와 테슬라까지 여섯 명뿐이었다.

그 뜻은, 분교를 시작으로 그만큼 오랜 기간 혼자만의 마법을 단련하고, 비로소 본교로 올 수 있었다는 것이다.

그리고 그걸 다시 해석하면 적어도 키에나와 헤이보단 강한 학생들이라는 뜻이 되기도 한다.

꼭 나이가 많다고 마법이 무조건 강한 것은 아니지만······ 절대 간과할 수 없는 한 가지가 있지 않던가.

바로 경험.

실력이야, 키에나와 헤이는 분교에서 포머까지 이기고 왔으니 어느 정도 안심할 수 있다고 쳐도 그 경험치가 부족하기 때문에 실제 학생과의 대련에서는 힘을 못 쓸 수도 있다.

본교 1층은 무법 지대.

그리고 이런 무법 지대에서 키에나와 헤이보다 오래 생활한 학생들.

여기에서 법이란 딱 하나.

제단을 지키고 있는 학생을 죽여서라도 빼앗고, 그 제단에서 나온 몬스터를 처리해 얻은 포인트로 다음 층으로 향한다.

그것 말고는 아무것도 없었다.

실제로 내가 이미 겪은 두 명의 학생들도 상대를 적당히 굴복시키려는 게 아닌, 정말 진심을 다해서 죽일 생각이라는 게 얼핏 느껴졌다.

반대로 키에나와 헤이……

아니, 이건 밴시까지 포함된 것이다.

이 셋은 철저하게 정해진 규칙 속에서 생활해 왔다.

에드 분교 생활에서도 학생을 죽이는 일이 일어난 적이나 있던가?

아니다.

대련을 할 때도, 학생의 생명은 보호하기 위해 측정기라는 것을 단 상태로 했으며, 그 측정기가 터지면 그 순간 승부가 결정되며 대련이 종료됐다.

즉, 몸을 다칠 이유가 본교에 비하면 거의 없다고 봐도 될 정도의 차이다.

'이 무법 지대에서 얼마나 살아남을지.'

이제 그 셋에게 살아남는 방법을 가르쳐야 할 때다.

그렇게 우린 두 번째 3급 제단이 있는 교실의 문을 열고 안으로 들어갔다.

�֎

"흠…… 대충 친구들한테 들어서는 알고 있었는데. 생태계를 파괴하는 신입생들이 있다고 하더니. 그게 너희냐?"

3급 제단을 지키는 학생은 대지 원소사.

출신은 라무스 분교다.

짙은 갈색의 머리카락과 눈동자를 가진 남학생이었다.

라무스 분교 출신이라는 것에 조금 반가움은 느껴졌지만, 학생의 표정을 보니 그런 반가움조차도 증발해 버렸다.

눈에 살기가 그득하게 살아 있었기 때문이다.

그나저나 생태계 파괴범이라니.

입학 하루 만에 그런 이상한 별명이 다 붙었을 줄은 몰랐다.

아마도 학생이 생태계라는 말을 쓴 이유는, 여태껏 평화롭게 서로 약속이라도 한 듯이 각자 제단을 차지했고 서로 넘보지 말자는 약속이라도 했기 때문인 것으로 보였다.

"미안한데 난 올해가 마지막 기회라서. 우리도 소식은 빠르거든. 너희가 올지도 몰라서 준비는 해 뒀지."

그러자 제단 뒤에서 두 명의 학생이 더 나타났다.

물 원소사 한 명, 대지 원소사 한 명이다.

특이한 것은 셋의 학교 출신이 전부 다르다는 것이다.

물 원소사는 루스 분교, 남은 대지 원소사는 라믹 분교 출신이었다.

보통 팀으로 활동하는 건 같은 학교 출신 정도라고 케린이 말한 적이 있다.

서로 출신도 다른 학생들이 어떻게 손잡았을까?

추측하기론, 셋 다 올해가 마지막 기회인 것 같았다.

본래 같은 상황에 처한 사람들끼리는 동맹이 쉽게 이루어지지 않던가?

그러니 서로 팀으로 활동하자는 제안이 쉽게 받아들여진 것으로 보였다.

"그나저나 의외네, 에드 분교에서 넷이나 오고. 그 학교에 입학한 순간 본교로 절대 못 간다는 소문이 돌았는데. 헛소문인가."

라믹 분교 출신 대지 원소사 학생이 말했다.

그리고 물 원소사 학생이 우리를 시선으로 훑곤, 헛웃음을 치며 말했다.

"넷 중에 불 원소사가 셋? 그중 둘은 더블 캐스터라곤 하지만…… 그래 봤자 불이잖아?"

상당히 거만한 목소리다.

제 딴에는 물 원소사이니, 상대가 몇이건 상성으론 자신이 앞서니까 전혀 무섭지도 않다는 뜻이었다.

"너희 셋이 한 팀?"

내가 물었다.

"그렇다면?"

"음, 마침 잘됐네. 난 이 싸움에 안 끼어들 생각이거든. 그럼 3 대 3. 숫자가 딱 맞아떨어지네."

"너희 넷은 한 팀이 아닌가?"

"맞는데."

"그런데도 더블 캐스터인 넌 빠져 있겠다는 소리를 하는 걸 보면…… 우리를 무시하는 말로밖에 들리지 않는데."

"잘 들었네."

내가 답한 그 순간, 학생의 눈빛이 변했다.

"그래 봤자 불 원소는 물 원소사한테 안되는데."

도대체 왜 이렇게도 잘못 알고 있는 학생들이 많은 걸까?

엄연히 물과 불의 대결에서 물이 상성상 우위인 건 맞지만, 절대적이진 않다.

충분히 극복할 수 있는 정도의 상성이다.

'아니면…… 불 원소사한테는 진 적이 없다는 뜻일지도 모르겠네.'

그래도 여긴 본교이지 않은가.

한때 각자의 분교에서 최고의 성적을 거둔 학생들만이 올 수 있는 곳.

따라서 학생의 태도에도 분명 이유가 있을 거다.

"뭐, 내가 나서지 않는 이유는…… 원래 대장은 마지막에 나서는 법이잖아? 이 셋은 내 부하 정도라고 보면 돼."

완벽한 진심은 아니지만, 그렇다고 또 전부 거짓말은 아니다.

어쨌든, 이 셋은 내 부하나 마찬가지니까.

밴시는 슬쩍 나를 노려봤다.

눈빛이 꼭, 아무리 그래도 부하 취급은 조금 심한 거 아니냐고 말하고 싶어 하는 듯했다.

"아무튼, 시작해, 키에나, 밴시, 헤이."

난 그렇게 몇 발자국 떨어지며 3 대 3 구도를 만들었다.

키에나는 시작하자마자 전력을 쏟아 내기 위해 부릴 수 있는 신수를 전부 꺼냈다.

전부 검은 가죽을 뒤집어쓴 신물들이다.

"어둠 원소사가 아니라…… 소환사였구나?"

하지만 맞서는 학생들의 반응은 오히려 평온했다.

그리고 헤이도 자신의 주력 마법인 파이지컬을 구현하고 제일 앞에 섰다.

"저…… 괴상한 마법은 뭐야?"

역시, 분교에서도 몸을 사용하는 마법사는 본 적이 없는 게 확실하다.

헤이의 파이지컬도 내가 안 본 사이 많은 발전을 이루었다.

5클래스에서 저 마법을 만들었을 때만 해도 화염에 휘감긴 모습이었지만, 이젠 완벽한 더블 캐스터다.

그래서 몸을 감싼 화염은 검은색이 되었다.

당황한 학생들은 서로 눈빛을 주고받았다.

헤이가 구현한 저 마법이 과연 어떤 효과를 가지고 있는 마법인지 추측하는 눈빛들이었다.

'백날 그렇게 추측해 봐라. 너희가 무엇을 상상하든, 그 이상이 될 거니까.'

그리고 밴시가 나섰다.

밴시는 앞선 두 명과 달리 아주 간단한 마법인 파이어볼 여섯 개를 구현했다.

"풉! 지금 파이어볼로 우리와 맞서겠다고? 물 원소사와 대지 원소사 둘인데?"

역시, 학생들의 조롱이 이어졌다.

하지만 밴시는 웃고 있었다.

'어……? 저거…….'

나도 왜 밴시가 웃는지 알 수 있었다.

바로 저 파이어볼.

전에 밴시가 쪽지로 물어봤던 것이었다.

어떻게 하면 플레우드를 들키지 않고 단일 원소에 사용할 수 있는지 물어봤던 그 방법 말이다.

밴시의 파이어볼 표면엔 분명히 플레우드 마법이 발려 있었다.

그것도 아주 짙게.

'쟤들 정신 좀 나가겠는데……? 특히 저 물 원소사.'

밴시의 파이어볼이 물 원소사 학생을 공격했을 때, 과연 그는 어떤 반응을 보일지 사뭇 궁금해지는 순간이었다.

상대는 대지 원소사 둘에 물 원소사 하나.

당장 눈에 보이는 상성만 따진다면 세 학생에게도 전혀 불리한 조건은 없었다.

하지만 정말 그것은 눈에 보이기만 하는 조건일 때다.

특히 밴시는 플레우드.

이걸 세 학생이 알 리가 없다.

공식적으로 플레우드는 멸종된 원소사니까 예상도 못 하고 있겠지.

상대 쪽 대지 원소사 둘이 단단한 암벽을 구현했다.

이내 암벽은 잘게 쪼개지며 날카로운 송곳 모양으로 변했다.

에드 분교 3클래스에서, 켈레드가 주력으로 사용한 그 마법과 같았다.

그렇다고 켈레드와 완벽히 똑같은 것도 아니다.

켈레드와는 분명히 다른 점.

바로 탭 테이킹을 완벽하게 구사하는 중이라는 것이다.

교실을 이루는 벽을 뜯어 자신의 마법에 더했다.

이것이 바로 대지 원소가 플레우드 다음으로 강한 원소라고 평가받는 이유.

서 있는 모든 곳엔 대지가 있기 때문이다.

두 학생이 구현한 송곳은 몸을 뚫는 걸 넘어 찔리면 아예 몸에 거대한 구멍이 생길 것만 같은 위엄을 내뿜었다.

그리고 물 원소사 학생은 물의 장벽을 동그랗게 쳐, 자신의 무리를 보호하듯 감쌌다.

'좋은 판단.'

의도가 눈에 훤히 보인다.

그들을 상대하는 우리는 소환사 하나에 원소사 둘.

게다가 그 두 원소사가 공통적으로 가지고 있는 게 불 원소이니, 아예 공격할 수 없도록 불 원소를 차단하기 위해 저런 조치를 취한 것이리라.

당당하게 먼저 나선 건 헤이였다.

무장 마법이자 공격 마법도 될 수 있는 파이지컬.

그것을 전적으로 믿기에 나올 수 있는 당당한 행동이다.

헤이가 앞서자, 키에나의 신물들이 헤이를 귀빈처럼 여기며 둘러싸 호위하는 형태를 갖췄다.

'오호, 포머를 이겼던 그 방식인가.'

둘은 에드 분교 6클래스에서 포머를 상대로 지긋하고 험난한 대련의 일정을 1년이나 보내지 않았던가?

마법사를 상대하는 방법이 많이 달라졌을 거다.

바로 그 변화를 내가 직접 확인하는 순간이다.

밴시는 가장 뒤에서 멀뚱히 지켜볼 뿐이었다.

헤이가 움직이는 그 순간, 상대 학생 쪽에서 맹공격이 시작되었다.

대지 원소와 물 원소가 서로 한꺼번에 들이닥치는 탓에 물과 대지의 더블 캐스터의 마법을 보는 것 같은 착각이 들 정도였다.

하지만 그들의 공격은 헤이의 몸에 닿기도 전에 전부 소멸했다.

헤이의 파이지컬이 소멸시킨 게 아닌, 헤이를 둘러싼 키에나의 신물들이 전부 학생들의 마법을 꿀꺽 삼킨 것이다.

당연, 그중에서 가장 돋보였던 건 라이칸.

라이칸은 다른 신물과 달리 날카로운 발톱을 한 번 휘둘렀을 뿐인데 상대측 마법을 너무 간단히도 막았다.

"……뭐야?"

'그래, 놀랄 거다.'

학생들의 반응은 허망함 그 자체였다.

하지만 헤이는 놀랄 틈 따윈 주지 않고 바로 내달렸다.

밴시는 그와 동시에 파이어볼을 물의 장막에 던져, 작은 구멍을 냈다.

"내 장막이…… 이따위 기초 마법에 뚫릴 리가 없는데……?"

당연히 그렇겠지.

정상적인 기초 마법인 파이어볼이라면 말이다.

그러나 밴시의 파이어볼은 표면에 플레우드를 바른 상태이기에 상성이라는 게 존재하지 않는다.

헤이는 그 틈을 놓치지 않고 완전히 학생들에게 밀착해, 물의 장막을 향해 손을 뻗었다.

그리고 물의 장막을 종이를 찢는 것처럼, 밴시가 뚫어 놓은 구멍에 두 손을 넣고는 쭈욱 벌렸다.

그러자 거짓말처럼 단단한 물의 장막이 찢겨 나가 완전히 사라지게 되었다.

그들을 보호하는 마법이 일시적으로 사라진 순간이었다.

"아……?"

당황한 학생들의 외마디 반응을 끝으로.

화르륵-!

밴시가 학생들의 몸체에 불을 붙였다.

이번엔 플레우드를 섞지 않은 순수한 화염.

하지만 밴시가 쏟을 수 있는 마력 전부를 쏟았기에 그 화력이 만만찮았다.

"끄아아아아악-!"

순식간에 교실 안이 학생들의 고통스러운 비명으로 가득 채워졌다.

결국, 밴시의 화염을 이기지 못한 학생들은 그 자리에서 쓰러졌다.

몸이 빨갛게 달아오른 게, 화상이 제법 심한 것으로 보였다.

저대로 방치하면 목숨엔 지장이 없겠지만, 피부는 영영 원래대로 돌아오지 않을 것 같았다.

"적당히 좀 하지. 진짜 죽이려고 했어?"

"뭐…… 쟤들도 우리를 죽일 생각이었던 것 같은데. 나도 반격하다 보니 힘 조절이 제대로 안 됐네."

내가 타박하자, 밴시는 능청스럽게 답했다.

"근데 정말 이상하네. 본교 애들은 왜 꼭 상대를 죽이려는 생각만 가지고 있는 걸까? 이게…… 정상적인 학교의 모습인가?"

하지만 뒤이은 건 밴시의 의문이다.

나도 그 부분은 동감이다.

본교 학생들은 나타난 상대를 적당히 힘으로 찍어 누르려는 게 아닌, 아예 존재 자체를 소멸시켜 버릴 목적으로, 죽일 생각으로 임한다는 게 참으로 거슬렸다.

"그렇다고 우리도 똑같이 할 필요는 없으니까……. 헤이, 나 좀 도와줘."

"응. 어떻게?"

"쟤들 상태가 저 모양이니 양호실엔 데려다줘야 할 거 아냐. 보니까 팀이 딱 세 명인 것 같은데."

"아, 그래."

헤이는 답하며 양쪽 어깨에 학생을 하나씩 비스듬히 걸쳤다.

혼자서 두 명이나 어깨에 짊어진 꼴이다.

심지어 파이지컬을 해체한 상태다.

'그런데도 저런 힘을 가졌다니…….'

내가 1년 동안 에드 분교 6클래스에서 죽을힘을 다해 단련해도 헤이가 가진 힘에는 못 미친다는 소리다.

"너희 둘은 여기에서 기다려. 갔다 오고 나서 시간을 정하자."

어찌 됐든, 이제 3급 제단 두 개는 전부 우리 것이 되었다.

서로 보초를 설 시간을 정해야 할 게 남아 있으니 아직 일이 전부 끝난 건 아니지만.

그렇게 난 헤이를 데리고 양호실로 향했다.

"아르텔, 양호실 위치 알아? 난 오자마자 짐 풀고 정리하는 바람에 모브로 위치 확인은 안 했는데……."

헤이의 물음이었다.

"어, 알아."

"역시…… 모범생은 다르구나. 벌써 모브로 확인한 거야?"

확인할 필요가 있나.

내가 한때 이 학교의 주인이었는데.

양호실 위치쯤이야 모든 층의 똑같은 곳에 있다.

타일런트가 중간에 바꿨을지도 모르겠지만, 난 적어도 그럴 일은 없다고 생각했다.

이유는 타일런트에겐 양호실 위치 따윈 신경 쓸 필요도 없는 사소한 것에 지나지 않기 때문이다.

역시, 내 예상은 적중했다.

양호실은 내가 알던 위치 그대로에 있었다.

"어떻게 왔지?"

양호실에 도착하자 양호 선생으로 보이는 남선생이 물었다.

풍기는 인상과 색을 보니 어둠 원소사가 확실하다.

그것도 드라코 가문의 마법사겠지.

"보시다시피 얘들을 입실시키려고요."

그는 우리에게 업힌 부상당한 학생들의 상태를 눈으로만
훑었다.

"특별한 부상도 아니네. 저기 눕혀."

몸이 빨갛게 달아오를 정도인데 특별하지 않다니.

그동안 양호실에 실려 오는 학생들의 부상 수준이 도대체
어느 정도기에 그러는 걸까?

난 일단 양호 선생이 시키는 대로 지정한 침대에 학생들을
눕혔다.

"너희 둘이 이번에 온 신입생들인가? 더블 캐스터가 넷이
나 있다곤 들었는데."

양호 선생이 물었다.

"그렇다면요?"

"오자마자 시끄럽게도 노는구나. 학생 셋을 입실시키는
것도 모자라서…… 3급 제단도 두 개나 차지하고 말이야."

직접 보지도 않은 사실을 어떻게 저리도 잘 아는 걸까?

분명 감시하는 모브도 없었던 걸 내가 직접 확인했는데도
말이다.

"되게 잘 아시네요? 옆에서 보신 것처럼요."

한번 떠볼 생각으로 양호 선생에게 말했다.

보통 이 정도 직구를 던지면 표정이라도 움찔할 텐데, 그
는 전혀 그런 게 없었다.

오히려 덤덤하고 태연한 표정을 유지 중이다.

"신입생은 신입생인가."

그는 고개를 절레절레 저으며 답했다.

무슨 의도인지는 당연히 알아차릴 수 없었다.

"꼭 눈으로 봐야만 알 수 있는 건 아니거든. 뭐, 무슨 말인지는 너희도 이제 알게 되겠지. 그 학생들은 눕히고 나가도록."

눈으로 봐야만 알 수 있는 게 아니다.

그 말을 속으로 곱씹던 중, 난 알 수 있었다.

'소문이 퍼지는 속도가 빠르구나.'

이미 우리가 본교에 입학하고, 1급 제단 하나를 뺏은 것만으로 생태계 파괴자란 별명이 붙은 것만 봐도 쉽게 알 수 있지 않았던가?

당연히 그러한 소식이 이 양호 선생에게도 들어간 것이었다.

그렇게 학생을 눕히고 양호실에서 나와, 키에나와 밴시가 있는 교실로 돌아갔다.

'다행히도 내가 발견하지 못한 감시용 모브 같은 건 없다는 소리군.'

이거 하나는 확실하다.

우리가 돌아가면서 제단을 지킬 시간을 정하는 것은 어렵지 않았다.

순서는 헤이, 키에나, 밴시, 나.

기준 시간은 00시부터다.

사실 첫 번째 순서가 가장 위험하다고 생각해서 내가 하려고 했다.

이유는 우리가 새롭게 제단을 차지한 상태고, 그걸 노리고 다른 학생들이 다가올 가능성이 높으니까.

하지만 헤이가 워낙 자신감으로 가득 차 나섰기에, 굳이 말리지 않았다.

어차피 헤이, 키에나도 적응해야 할 환경 아닌가.

그리고 앞서 세 학생을 상대하는 걸 봤을 때도 충분히 적응할 수 있는 능력은 가지고 있다고 판단되어 그렇게 정한 것이다.

그렇게 00시가 되었고, 헤이만 남은 상태로 우린 각자의 기숙사로 돌아갔다.

새벽 3시 30분.

헤이가 있는 교실로 학생 무리가 찾아왔다.

그 수만 자그마치 마흔 명.

본교 1층에 있는 학생들 과반수가 현재 이 교실로 찾아온 것이다.

이유는 간단하다.

3급 제단의 주인이 바뀌었다.

그게 에드 분교에서 온 더블 캐스터 신입생이더라.

더블 캐스터라고 해도 아직 신입생이지 않냐?

충분히 빼앗을 수 있는 절호의 기회다.

다들 이 목적 하나로 모이게 된 것이다.

이 순간만큼은 모인 학생들 전부가 목적이 동일했기에 일시적으로 동맹을 맺는 결과를 낳았다.

게다가 에드 분교에서 온 네 명의 학생은 이미 본교에서 3급 제단 두 개를 빼앗으며 '생태계 파괴자'라는 별명이 붙은 상태다.

모든 학생의 표적이 되기에 아주 적당한 별명이었다.

"……."

헤이는 교실에 빼곡히 들어선 마흔 명의 학생을 긴장한 채 노려봤다.

그들이 풍기는 분위기를 보고 상황을 쉽게 알 수 있었다.

"……설마, 마흔 명이 이 제단을 빼앗으러 온 건가?"

헤이는 순진하게 물었다.

아직 본교에 익숙해지지도 않은 시기인데, 떼로 몰려든 적을 마주친 순간이었다.

그러나 돌아오는 육성의 대답은 없고, 비웃는 웃음만 돌아올 뿐이었다.

동시에 교실을 가득 메운 각양각색의 마법이 구현되었다.

소환 마법은 물론이고, 원소도 모든 원소가 한자리에 있는 진풍경이 그려졌다.

그제야 헤이도 정신을 바짝 차렸다.

"각오는 했지만…… 이 정도일 줄은 몰랐는데……."

그리고 헤이는 파이지컬을 구현했다.

그 순간, 사십여 개의 마법이 헤이를 향해 일제히 돌격했다.

"우와…… 이건 뭐야?"

한편 테슬라는 3급 제단이 있는 또 다른 교실에 들어섰다.

지금 마주하고 있는 것은 그가 생전 본 적 없는 마법.

바로 아르텔의 둠 리포졸이었다.

다음 권으로 이어집니다